Krzysztof Kieślowski & Krzysztof Piesiewicz ●

基耶斯洛夫斯基 & 皮耶谢维奇　电影剧本集

〔波兰〕克日什托夫·基耶斯洛夫斯基　克日什托夫·皮耶谢维奇　著

三色三部曲 蓝 白 红

TRZY KOLORY. NIEBIESKI, BIAŁY, CZERWONY

杨懿晶 译　邓鹤翔（Damian Jaśkowski）校译

上海文艺出版社
Shanghai Literature & Art Publishing House

克日什托夫·基耶斯洛夫斯基1941年6月27日生于华沙。他的处女作是短片《电车》（1966），当时他还是罗兹电影学院的学生。1969年毕业后，他拍摄了更多的纪录片，其中最有名的是《工人》（1971），讲的是1971年什切青大罢工。他的第一部剧情长片是1976年的《生命的烙印》。《影迷》（1979）为他摘得莫斯科电影节一等奖，也奠定了他在波兰"道德焦虑电影"[1]学派的领军地位。《机遇之歌》（1981）拍摄时，波兰正值"团结运动"[2]爆发之际，官方颁布戒严令后，该片被禁，直到1987年方解禁。《无休无止》（1984）

---

[1] 指战后波兰电影的一个经典潮流，主要时间段为1975至1981年。——本书注释均为译者注，不再一一列明。
[2] 指由1980—1989年间波兰最大的反对派组织波兰团结工会发起的工人运动，该运动对波兰及东欧政治格局产生深远影响。

是基耶斯洛夫斯基与律师克日什托夫·皮耶谢维奇合作的第一部电影。他们的下一个电影计划便是《十诫》。1990年，他俩合作完成了剧本《维罗妮卡的双重生活》，该片拍摄于法国和波兰，于1991年发行。两人最后合作的作品是《三色三部曲：蓝，白，红》，拍摄发行于1992到1994年间。1996年3月13日，基耶斯洛夫斯基病逝。

克日什托夫·皮耶谢维奇生于1945年10月25日。1970年从华沙大学法律系毕业，之后做了三年实习律师，后决定专攻刑法。1981年戒严令的颁布让他更多地介入政治案件。皮耶谢维奇与基耶斯洛夫斯基初识于1982年，当时后者正在拍摄一部关于戒严令下的政治审判的纪录片。后来基耶斯洛夫斯基就他正在筹拍的电影向他咨询法庭问题：结果就有了《无休无止》。拍摄《十诫》的想法是皮耶谢维奇提议的。他称自己为基督徒，而非天主教徒。皮耶谢维奇与妻子和两个孩子定居华沙。

目录

1
前言

三色三部曲

1
蓝

111
白

221
红

前言

2018年12月的上海,克日什托夫·皮耶谢维奇先生给我们看了克日什托夫·基耶斯洛夫斯基不多的生活照,他指着其中一张瑞士小木屋前的留影和一张套着游泳救生圈的留影,平静甚至严肃地说"看,就是这个家伙"。《基耶斯洛夫斯基&皮耶谢维奇电影剧本集》的出版计划便是在那时进入了细节的讨论。

"1984年到1993年间,我们一起写了十七部电影",皮耶谢维奇曾提起1982年他与基耶斯洛夫斯基相识于华沙一家灰冷的咖啡馆,之后才有了所有的合作,从首部《无休无止》到《十诫》《关于杀戮的短片》《关于爱情的短片》《维罗妮卡的双重生活》和《三色》,以及日后未竟的计划。基耶斯洛夫斯基将两人的编剧工作和剪辑阶段的讨论描述为"难分彼此"。两位克日什托夫的作品向世人提出了恒在的疑惑——"我们为何活着",当年的波兰、紧接着的欧洲和日后的世界消费主义,令每一个体都孤独地面临着"为何活着"的问题。

1966—1981年间,在《无休无止》之前,基耶斯洛夫斯基已经完成了十九部纪录片,包括纪录片处女作《办公室》(1966)和他决意不拍纪录片前的最后一部《车站》(1980);担任编导的剧情片十部,包括——纪录剧情片《初恋》(1966)和《履历》(1975);短片《电车》(1966)、《愿望音乐会》(1967)和《人行地道》(1973);电视长片《人员》(1975);以及长片《生命的烙印》(1976)、《宁静》(1976)、《影迷》(1979)和《机遇之歌》(1981)。

回看影片《无休无止》及剧本,这一合作起点已可见对灵魂的探讨,他们在日常中观察着由机遇、决心和自由三者组合而成的个体命运。基耶斯洛夫斯基强调自己在每件事物上都追求一种抽象概念的"超越",最后,由每一个细察和悲悯镶嵌而成的微观"超越"成了他的作品总和;而皮耶谢维奇则在个体与世界、信仰与规训的命题上,带来了观念的深度和普适性,这让基耶斯洛夫斯基的的电影从《无休无止》开始,亦即

1984年之后，进入了另一阶段，发展并逐步完成了一种安杰伊·瓦伊达（Andrzej Wajda）所说的"悖论式创作"——通过心理学和精神层面的棱镜，观察着当代生活。

《十诫》的灵感起于1983年，律师皮耶谢维奇阅读了《轨迹》一书并在波兰国家博物馆反复观看了一幅匿名油画，画作里道德戒律被引入世俗社会。他向正处于《无休无止》剪辑工作的基耶斯洛夫斯基建议"为什么不拍《十诫》"。1985年后的十个月，他们一起完成了十个电视电影剧本及两个衍生电影版，并在1987年3月开机，拍摄及后期制作共用廿一个月，也就是说，两年时间拍摄了十二部电影。

从1987年12月单片《关于杀戮的短片》的波兰试映，到戛纳电影节的多部放映，及至1989年9月威尼斯电影节的全系列电视电影首映，《十诫》和这位47岁才真正走向世界的电影作者带来的震动是多重的。最首要的是其创作的形式与方法，为当时正经历电影的过度商业化转向和意识形态新命题的欧洲带来了某种振奋。其次，《十诫》在全新定义了电视电影的模式及可能性的同时，对艺术、法律、神学、民族和文化思想界，以及各大洲几十个国家（包括中国）的观众的影响延续至今，而就其中大部分而言，是十分深刻的影响。

二十世纪八十年代，华沙Dzika街公寓大楼若干个窗口延伸出来的故事，由于其所表现的人性、光影和声音的力量，触动了观看者难以言说的经验或想象之地。电影让角色们所背负的道德伦理的无解难题，并未受地域和时间所限，成为每一位当下的观众走出影院时沉思的开端。每部影片由《十诫》的一个句子而来，皮耶谢维奇的职业积累、博览群书和哲学关怀，转化为基耶斯洛夫斯基对场景、摄影机、演员、道具和后期剪辑等等不计其数的确切选择，其中包括那个无名的年轻人，如同复调注解一般现身于每一集，但唯独第十集不见踪迹。

1991年的《维罗妮卡的双重生活》（也译作《两生花》）可以说是《十诫》与《三色》的间奏，基耶斯洛夫斯基的电影由此开启了从波兰到法国的旅程。这部两国双城电影，先后在波兰的克拉科夫和法国的克莱蒙·费朗（以及巴黎）拍摄，它可能暗示着信仰（波兰）和理性（法国）、围绕木偶师的诸多隐喻，以及相似与等同的问题。此外，片中预言般的心脏问题的情节，源自《第九诫》，也使两个维罗妮卡的神秘关联被悬置起来。然而，皮耶谢维奇认为，《双重生活》是一部很难用理性分析的电影。

故事要表现的是分处两地的一个自己和另一个自己，一明一暗的前、后景对峙有美学的考虑，也暗示着两位克日什托夫的"后《十诫》心态"和女性进入主视野后对"实存"与生命意义的仔细掂量。剧本酝酿和动笔的1989—1990年，波兰面临改制，皮耶谢维奇则刚刚遭遇恐怖的家庭悲剧。最后，正如我们所见，电影在"相同者的永恒轮回"和"希望"之间寻找着平衡。基耶斯洛夫斯基曾就此说过，"很难分清剧本哪个地方究竟是谁的想法，……我们两人几乎讨论一切事物。"

电影《双重生活》中，最直观体现剧本字里行间的灵性、预感和未知关联的，便是音乐——由兹比格涅夫·普瑞斯纳（Zbigniew Preisner）创作。在导演仅能提供一个剧本及大致设想的有限条件下，普瑞斯纳成为（可能是唯一的）阅读剧本文字进行创作的电影配曲师。普瑞斯纳与皮耶谢维奇同期加入基耶斯洛夫斯基的故事片创作，一起完成了导演1984年之后的所有十七部电影；也就是说，《无休无止》一片，也启动了这个"导演、律师、配乐师"三位一体的电影团队。

法国制片人马林·卡密兹（Marin Karmitz）怀着极大的认同感和孤注一掷的勇气开启了与基耶斯洛夫斯基的合作项目《三色》，他曾描述说，基耶斯洛夫斯基身上有一种不断折磨着他的自觉性。

《三色》包含着三组数字"3"。首先是片名所指的法国国旗的三种颜色；其次是三个词：自由、平等和博爱；最后，是故事所发生的三个国家和城市：法国巴黎（《蓝》）、波兰华沙（《白》）和瑞士日内瓦（《红》）。《三色》延续着两位编剧的数字游戏，《十诫》的"10"、《维罗妮卡的双重生活》的"2"和《三色》的"3"，可能呼应着的是1981年《机遇之歌》最初的"3"，以及因基耶斯洛夫斯基去世而被搁置的剧本计划——源自但丁的三部曲：《天堂》（当时已完成）、《炼狱》和《地狱》。而《红》结尾处对获救人员的安排，让整个三部曲旋即成为一个电影中的电影。这种含游戏意味的超越，在音乐中也有迹可循——《第九诫》中被虚构出来的荷兰古典音乐家范·登·布登梅尔（Van den Budenmayer），他的作品被《三色》使用，而《无休无止》的葬礼主题曲在《蓝》中重现。

纪录片时代起就以聚焦人和个体现实而与众不同的基耶斯洛夫斯基，其最为之努力的对真实的追求，在《三色》里仍显现在每幅画面的边缘、一场戏的背景或两组镜头的衔接处，甚至是一块糖浸入咖啡的现实时间；这也被认为是"有着纪录片的精确性"。与此同时，另一重真实性来自于皮耶谢维奇，职业律师每日所面对的卷宗让他深感现实之喧嚣，十七部合作电影高度提炼了真实的人和事，而从《无休无止》的题材到最后一部《红》的男主角身份，我们都意识到了隐在深处的那个律师；然而，皮耶谢维奇每次向基耶斯洛夫斯基所建议的下一部电影，都几乎是抽象的概念或哲学命题，包括柏林墙倒塌后，他提出了对自由、平等和博爱的沉思，并认为博爱这个美丽的事物，是真正不可或缺的。

1994年，《三色：红》入围戛纳金棕榈主竞赛，映后的新闻发布会上，基耶斯洛夫斯基表示将不再拍摄电影，随后开始在母校罗兹国立电影学院担任教师。1995年，《红》获美国奥斯卡奖最佳导演、最佳原创编剧和最佳摄影指导的提名，他与皮耶谢维奇一起参加了学院奖典礼。同年夏季在波兰马苏里亚（Masuria）湖区度假时，基耶斯洛夫斯基心脏不适，遂听从女儿开始戒烟。1996年2月24日，他带病参加了波兹南的基耶斯洛夫斯基回顾展，这也是他最后一次公众活动；3月9日，与两名波兰高中刊物的学生记者面谈，成为他接受的最后一次采访。3月12日，手术前一天，他去挚友家道别并借书，离开时一同出门的挚友在其坚持下坐进他的爱车，他炫技般地踩足油门飞驰，而且看来心情极佳。3月13日，克日什托夫·基耶斯洛夫斯基在华沙的医院完成心脏手术后，因又一次心脏病发去世。

波兰导演、他曾经的老师、同事和挚友——克日什托夫·扎努西（Krzysztof Zanussi）回忆最后的病中探访，"那是在他处于危险期的一次告别。……他想知道，什么是他的命运？是什么对他施以的命运？"而此后留下的，他的全部作品及追随者，成了某种意义上的孤儿。

作为《基耶斯洛夫斯基&皮耶谢维奇电影剧本集》中国大陆授权版的首次引进，从酝酿到最终成书，历经多年。期间与克日什托夫·皮耶谢维奇先生在上海、华沙和巴塞罗那的多次见面交流，不仅让本书系的出版事宜日渐成型，更让有机会聆听他睿智之言的我着实受益匪浅。我们也有幸得到克日什托夫·基耶斯洛夫斯基的遗孀及女儿在版权等方面的支持，同时，波兰文化中心为译校工作提供了最大的帮助。

我在此尤其要感谢Julia Frąckowska女士和Damian Jaśkowski先生，他们细致而无私的工作贯穿着本书系从最初意向至片目校译的整个过程；还需要特别感谢Magdalena Czechońska女士，我们所有关于基耶斯洛夫斯基和皮耶谢维奇的电影项目都得力于她最初的支持和长期的帮助。

我还要感谢的有：Jan Jerzy Malicki先生、Zofia Gulczyńska女士、黄琳女士、Paula Gumienna女士和高原女士，他们为本书系的译校和联络工作提供了不可或缺的协助；更有王晔女士，正因她在上海国际电影节期间对《十诫》展映项目的决策支持，让我们之后的诸多计划（包括本书系）成为可能；还需感谢为本书系的翻译工作付出了大量时间和精力的沈河西先生、杨懿晶女士、黄珊女士、刘安娜（Anna Liu）女士和刘倩茜女士等。

本书系的视觉与装帧设计在审美和深度上准确传达了出版初衷和作品的力量，深深感谢朱云雁女士。

倏忽已多年，最关键也最繁杂的出版工作，在上海文艺出版社张翔先生和胡远行先生之专业且敬业的辛勤之下，得以圆满。

王方
2022年10月17日

● ● ●　　　　三色　　蓝

1.

外景。高速公路。白天（傍晚）。

拥挤的高速公路，双向八车道上高速行驶的车流。货车的隆隆声，引擎的轰鸣，摩托车在车流中咆哮穿梭。地狱一般。

以此为背景：出片头字幕。

摄影机俯拍，慢慢清晰地搜寻出一辆高速行驶的海军蓝萨博车。镜头往下推到离萨博车很近的位置——定格。静音。如此维持一秒，你足可看见（虚焦）方向盘上方一角男人的脸庞，副驾上一个女人（同样虚焦），他们在说笑，两人空隙间露出后排一个孩子的脸部轮廓。一秒钟后，画面动了，更多车辆飞驰而过。

2.

外景。道路。白天（傍晚）。

郊区某条林荫省道旁，一个名叫安托万的年轻人，坐在自己的背包上玩"木球游戏"。他歪着头，试图让一个木球停到一根木棍上，木棍是用绳子系在球上的。背包上绑了一块专业的大滑雪板。安托万已经等了很久，不相信自己当天还能搭到车。远处一辆海军蓝萨博车在高速驶近。安托万有的没的朝车挥挥手，甚至懒得从背包上起身。车飞驰而过，丝毫没有减速。安托万一点不意外地点点头，继续玩刚才中断的木球游戏。他又试几下，一声脆响，球落上正确的位置。与此同时，一声巨响。安托万的视线从球上移走，转头看去。前方几百米开外的转弯处，海军蓝萨博车撞翻在一棵行道树上，路边尘土四起。萨博车摇晃几下不动了，笼罩在被撞坏的散热器散发出的水汽里。一根被冲撞力折断的树枝从树上掉下来。安托万挟起滑雪板，朝车祸现场飞奔过去。我们可以远远地看到，安托万跑到那辆车旁，试图打开车门。

3.

内景。医院。监控站。白天。

房间里放着几台医疗监视仪。一位老医生、一位年轻医生和一位护士正俯身观察某台仪器。仪器显示，对象身体机能正常。他们专注地观察了一会儿。

老医生　我进去看看她。

他走出房间，年轻医生和护士仍留在监视仪前。

4.

内景。医院。白天。

老医生俯下身，专注、急切地看朱莉。朱莉的肩膀被一副盔甲般的石膏件固定住，眼皮有割伤。

老医生　您感觉怎样？

朱莉点头，表示不坏。她看起来情况不错，虽然身上还插着管子和点滴。医生没动，仍俯在靠近她头部的位置。他深吸一口气。

老医生　当时……意识清醒吗？

朱莉又点头，表示是的，当时意识还清醒。

老医生　我必须……您知道的吧？

朱莉微微点头确认。但医生需要确保她接收到关键信息。

老医生　您丈夫在车祸中去世了。

朱莉垂下眼睑，示意知道了。突然又瞪大眼睛，急切地看着医生。医生咬了下嘴唇。

老医生　您肯定失去过一段意识……

朱莉　我不知道……安娜呢？

5.
内景。医院。监控站。白天。

监视仪上的心率曲线在剧烈波动，年轻医生和护士紧张起来。

6.
内景。医院。白天。

老医生　是的。您女儿也死了。

朱莉紧闭两眼。医生又观察了一会儿，走了。关门的声音；朱莉仍闭着眼睛。

7.
内景。医院。白天。

老医生进房间，走向监视仪边的年轻医生和护士。屏幕上的心率曲线渐渐平缓，随后又惊人加快。

老医生　这是正常的。

年轻医生点点头。

老医生　早上可以撤掉她的监视仪了。

8.

内景。医院。夜晚。

朱莉起床，动作仍显僵硬迟缓。她将桌上花瓶里的花（漂亮的蓝色花束）取出，掂量下空瓶的分量——够重。她拿起花瓶走出病房。夜间的走廊空无一人。朱莉看到护士房亮着灯，走廊在光线尽头拐了个弯。她佝下腰，走过护士房，发现护士正低头准备发药盘。她沿走廊往前走，拐弯，经过厕所。拐过来的这条走廊通往一扇窗。朱莉朝窗子走去，在合适的距离停下，吃力地——因为石膏护具——甩手，将花瓶砸向窗玻璃。一记脆响，碎玻璃哗啦啦落了一地。朱莉退进厕所，透过半掩的门看到护士奔过去。她从厕所里出来，溜进护士房。她扫了一眼里面，找到药品柜，但锁着。朱莉又四下看看，发现发药盘旁边放着一把小钥匙，跟柜子很匹配。朱莉打开柜子，找出一瓶氟硝安定。她倒空瓶子，抓了一把药片，动作明显急促起来。她锁好柜子，把钥匙放回原处。她听到护士跑过来，立刻缩站到门后。护士冲进来，情绪很激动，并没注意到朱莉。她一把抓起电话，拨号，嗓音有点大。

护士 勒罗伊先生，请给警察打电话。有人砸坏了一楼B走廊的窗户，请您马上过来……

朱莉趁护士不注意，从半敞的门口溜了出去。她回到自己病房，躺回到床上。一会儿，她听到脚步声和走廊上的嘈杂声。她摊开微微汗湿的手掌，慢慢举到嘴边。眼看要吞下所有药片的一刻，她突然合上了手心。她伸手按呼叫铃。护士来了，站在门边，情绪仍很激动。

朱莉　走近些，拜托。

护士走过来。朱莉给她看满手的药片。

朱莉　我拿了这些药……可我做不到。我没能力做到……

护士温柔地从朱莉手里拿走药片，一次拿一片。朱莉没在看。过一会儿才睁开眼睛。

朱莉　是我打碎了走廊里的窗户。

护士　别担心。他们会修好的。

朱莉　我很抱歉。

护士走到门口，打开门，又回身对朱莉说。

护士　我把门开着。

朱莉点点头。等护士走了，她又爬起来，轻轻关上门。回到床上，她把脸埋进枕头，颤抖的肩膀表明她在哭。桌上的电话响了，朱莉没有反应。电话响过几下安静了。朱莉在绝望地抽泣。

9.

内景。电视机商店。白天。

电视机商店里的售货小姐拆开迷你电视机的包装盒。她插上电源,给奥利维耶演示。奥利维耶三十五岁,面容沉静。售货小姐摆弄天线,调试着画面。

售货小姐 您按这里可以换频道,亮度,色彩,音量……

售货小姐在一项项给奥利维耶演示。奥利维耶认真听着,突然转过头,对镜头眨眨眼,好像买电视机这件事让他痛苦。

10.

内景。医院。白天。

朱莉睡着。醒过来时觉得有人在看她。奥利维耶坐在床边,伸手摸她的手心。朱莉看着他垂下的头,没有缩回手去。奥利维耶直起身,又握了一会儿朱莉的手。然后从口袋里掏出迷你电视,递给朱莉。朱莉对机器一窍不通,不明白做什么用。奥利维耶按下一个按钮,小屏幕上放出一段攀岩选手在岩壁上比赛的画面,着装都分外鲜艳。奥利维耶意识到这画面明显不合时宜,便关掉了电视。朱莉探询地看他。

朱莉 是今天吗?

奥利维耶点头。

奥利维耶　今晚……

朱莉接过了电视机。奥利维耶意识到探访结束，起身朝门口走去。

奥利维耶　有什么要我做的吗？

朱莉　把电话拿走。

奥利维耶走回来，拿起桌上的电话，拔下插头，将电话线仔细地绕好。又琢磨了下，把电话放回去，重新插好。

奥利维耶　您或许要用的。

11.

内景。医院。夜晚。

朱莉伸手去够桌上的小电视机。她吃力地挪动石膏护具里伸出的手臂，把枕头拉上来盖住头，像是给自己搭起个帐篷。她在枕头下面打开电视，稍稍移动几下，画面便清晰起来。我们看到一段葬礼的报道。两具棺材，一大一小，安放在灵柩台上。一张摆着勋章和奖章的软垫，平放在大棺材旁。一支由六个年轻乐手组成的乐队演奏起一首动人的乐曲。

评论员　（电视解说）这是由逝者最钟爱的作曲

家范·登·布登梅尔[1]创作的进行曲。由音乐学院的学生演奏,以此向他们的教授道别。

文化部长走上前来。音乐渐停。

部长 (电视里)女士们,先生们。今天我们向这位先生,这位作曲家道别。在他离世的报道中,所有媒体都称他是"最伟大的"。全球音乐界都将因他的意外离世而蒙受难以挽回的损失。我们为曾与他为友而感到荣耀。面对死神的不公,我们只能俯首以示哀恸。帕特里斯……全世界,尤其是身处欧洲的我们,都在等待您的作品……

朱莉没在听部长的演说,只是盯着两具棺材,伸出手指,先点了点屏幕里那具大的,又点了点那具小的。

12.

内景。医院。白天。

朱莉的脸上已经没有车祸留下的伤痕,肩膀上的护具也换成了绷带。她坐在医生的诊室里,伸手去拿桌上

---

[1]范·登·布登梅尔(Van den Budenmayer)是一位虚构的18世纪荷兰作曲家,由波兰电影配乐作曲家兹比格涅夫·普瑞斯纳和导演克日什托夫·基耶斯洛夫斯基共同创造,出现在基耶斯洛夫斯基的《十诫》《维罗妮卡的双重生活》《三色》等影片中。在基耶斯洛夫斯基的影像世界里,他常常以这位作曲家的身份出现:被角色提及,演唱他的歌曲,购买他的唱片或演奏他的作品。

的烟盒。

朱莉　可以吗？

医生　您是在问作为医生的我，还是这盒烟的主人？

朱莉没有对这个玩笑做出反应，虽然她本该笑一下的。她抽出一支烟。

医生　您不该……

朱莉点头。她点燃烟，吸了一口，并没流露出享受的样子，很快把烟摁灭在烟缸里。医生在翻记录。

医生　今天《第七电视网》和《周四事件》打电话来，这是第十三和十四家要求采访的媒体了。

朱莉摇头。

医生　我不是在问您意见，只是告知您一声。我跟他们说了您可能拒绝。

朱莉　您做得很对。

医生　我觉得您可以破一次例。这是个聪明的女人，我相信她不是来挖什么耸人听闻的八卦。您应该见见她。

朱莉　不。

医生　从医学角度，这是个不错的主意。您不能远离人群……

朱莉又当即回应，态度已决，音量并没拉高。

朱莉　我说了不。

13.

内景/外景。医院。白天。

透过敞开的病房门,可以看见朱莉躺在阳台舒适的帆布躺椅上。阳台很大,围着一圈高高的蓝色玻璃窗。朱莉望着远方的某处,身旁放着正在读的书(拉封出版社的)。一道阳光穿透蓝色玻璃照到她脸上,她闭上眼,音乐突然炸响。似乎没持续几秒,因为她感觉有人在看她,便把眼睛睁开了,音乐随即停下。隔壁阳台上站着一位衣着优雅的年长女性,歪着头绕过隔墙看她。女人的声音很友善。朱莉认出来了,一个记者。

> **记者** 您好……
>
> **朱莉** 您好。
>
> **记者** 我知道您不想见我……
>
> **朱莉** 是的。

记者笑。

> **记者** 您可以让我进来吗?
>
> **朱莉** 不。

记者显然对这样的谈话走向有备而来。

> **记者** 这家出版社……

朱莉看记者指的,就是她在读的那本书。

> **朱莉** 拉封……

记者 拉封。他们提议您写一本书——《我和帕特里斯的那些日子》。我知道您不会接受,就算付您一百万。

朱莉 是的,我不会。

记者 他们要我来问问您。

朱莉 您已经问过了。

朱莉从躺椅上起身,把书合上。记者想留住她。

记者 朱莉,这不是一次采访。

朱莉 那是什么呢?

记者 我在给《音乐世界》写一篇关于您丈夫的文章。我不会写跟您聊过,只是有一件事我不太清楚……

朱莉 什么?

记者 《欧洲融合协奏曲》写到什么阶段了?

朱莉 没有这首曲子。

记者 您变了。您本来不是这么不好相处的。

朱莉 也许吧……

记者 发生什么了?

朱莉 您不知道吗?我们出车祸了。我女儿死了。我丈夫也是。

朱莉转过身,挟着书和毯子,朝门里走去。记者举起一架小相机,按下快门。朱莉进屋,关上门。

14.

内景。音乐学院院长的房间。白天。

奥利维耶在清理音乐学院院长办公室的桌子。他把抽屉里找到的所有纸、信件和文件都装进一个文件夹里。他犹豫是否要把抽屉深处的一叠照片也放进去。照片上是一个四十岁的男人（帕特里斯）和一个年轻女子（桑德里娜）。奥利维耶最终决定将照片和其余一同放进去，然后将塞得满满的文件夹扣好。

15.

内景。外景。医院。白天。

朱莉跟诊室里的医生道别。奥利维耶和律师也在，奥利维耶手里拿着鼓鼓囊囊的文件夹，显然是来接她的。朱莉一身便服；说明可以出院了。她和医生握手。

医生 我认为接下来六个月都很有必要随访，一个月一次，之后再降低频率。您还应该做些运动。

朱莉 我会打电话来的。

奥利维耶和律师轮流与医生道别。朱莉想看看外面天气如何，却发现医院正门口围着一堆扛摄像机的电视记者和摄影师，有几个举着麦克风，还有好几个背着磁带录音机。她转向医生。

朱莉 请给警察打电话。

医生无奈地耸耸肩。

医生 我要求过他们离开……可他们有权站在那里。

朱莉想了一下。

朱莉 抱歉。

她走出诊室，将三个男人晾在里面。奥利维耶很快在走廊里赶上她。

奥利维耶 等在这儿，我去把他们弄走。

朱莉 我有办法。

她闷头往前走，奥利维耶在后面喊。

奥利维耶 我会把他们弄走的。

朱莉拐进旁边一条走廊，走到标有"紧急出口"的楼梯口，背着分量不重的背包，跑下楼梯。

16.

外景。医院前。白天。

朱莉从医院侧门出来。门口停着一辆没熄火的出租车。又是那个女记者，站在出租车旁，朝着吃惊的朱莉微笑。

记者 我给您叫了辆出租车。

朱莉 谢谢。

她上车,从车窗探出头。

朱莉 您要搭车吗?

记者 我开车来的,谢谢。

朱莉给司机说了地址,出租车驶离医院。

17.

外景。朱莉的房子。白天。

出租车停在一幢房子的车道前。房子四周花园围绕。朱莉结帐下车,穿过花园。园丁关上他的剪枝机,向她点头致意,并为她的突然现身感到吃惊,不清楚自己该做什么。他站在那里不知所措,手里的机器也显得多余。朱莉朝他走过去。

朱莉 早上好。您在做什么?

园丁 早上好。我想让一切都在您回来前……

朱莉 没有必要。

园丁 我们都非常非常遗憾……

朱莉 我知道。谢谢。

她走近园丁问道。

朱莉 您腾出安娜的房间了吗?照我说的?

园丁低下头。

园丁 是的。

朱莉 所有东西处理掉了?

园丁 所有。

朱莉朝房子走去。女佣过来给她开门。

18.

内景。朱莉的房子。白天。

女佣是身形高大，有一张平静、严肃的脸，五十岁左右。她打开门，面无表情地问候朱莉，然后将桌上一张写过字的纸指给朱莉。

女佣 我把所有来过的电话都记下了……

朱莉耸耸肩。

女佣 答录机的磁带录满了。

朱莉走过去，抽出答录机里的磁带，撕碎电话机旁记录的留言，一道扔进了厨房垃圾桶。女佣始终跟在后面，对朱莉的所有动作没有丝毫反应。直到朱莉上楼，她才在楼梯底下站住。朱莉无视她的目光，快步跑上楼梯。到楼上，她的步子慢下来，朝儿童房敞开的门走去。她看一会儿刷成蓝色的空房间，以及天花板上相同颜色的圆形吊灯，迅速关上门。她走进卧室，里面收拾得很整洁。她穿过浴室，进到一间大书房，里面有一台三角钢琴，一台普通立式钢琴和几件电子乐器。朱莉四下寻找，想从一个摆满乐谱的架子上找出什么，却没有找到。她注意到钢琴上有一张纸，上面写了一行谱子，匆匆扫过一眼便将纸一折折四，收进了自己的小包。一个声音让她停下了动作，侧耳静听。声音从远处传来，近乎无声的抽泣。朱莉走出书房，寻找抽泣声的源头，轻轻下楼。抽泣声变响，但厨房里没有人。她发现食品小储藏室的门开着一条缝。她蹑手蹑脚走过去，把门开大一点。女佣正背对她，臃肿的身形在小储藏室里显得尤其庞大。她正把头搁在一个摆满罐子的架子上嘤嘤哀泣。朱莉面无表情地看她一会儿。

朱莉　您怎么哭了，玛丽女士？

女佣　因为您没有哭。

朱莉愣了一下，被这个直截了当的回答惊到了，随后向她张开双臂。女佣立即伸出双臂回抱她，两个人就这样挤在储藏室里。女佣搂紧她，哭得像个孩子。朱莉的眼眶里没有泪，只是看向远处的某个地方。她温柔地抚摸女佣宽大的肩膀，让她慢慢平静下来。

女佣　我记得他们，老天，所有都记得……我什么时候才能忘掉啊？

朱莉拖着沉重的步子回到楼上，能听到女佣的抽泣声渐渐变弱。她在最顶上的一级楼梯坐下，两腿分得很开。眼角的余光里看到安娜的房门还开着，便伸手用力摔上。楼下的哭泣声停了。朱莉坐在那里，把头埋进手里。她听到有车驶近，车门关闭声，门铃声。她听到女佣拖着步子去开门，门开了。朱莉没动，也没有改变坐姿。

奥利维耶和律师走进客厅。

女佣 （在门边）你们想喝点什么吗？

两个男人都谢过，不需要。律师将大公文包放到桌上，奥利维耶手里拿着那个塞得满满的文件夹。两人都有点别扭地坐在各自的扶手椅前沿，又同时意识到这点。律师淡淡一笑。

律师 我们要不坐得舒服点？可能要等上一会儿。

他身体往后靠，奥利维耶则维持原状。两人沉默一会儿，奥利维耶拿着文件夹站起来。

奥利维耶 失陪。

朱莉仍一动不动坐在楼梯上，头埋在手里，轻轻的脚步声在朝她靠近。奥利维耶出现在楼梯的拐角，手里拿着文件夹。看到她的样子，他吃惊地停下。两人对视了一眼。他意识到自己看到了不应该看到的场面，像是撞破了什么。奥利维耶往后退，视线却无法从她身上移开。朱莉又坐了会儿，叹口气，起身下楼。客厅里，奥利维耶和律师从扶手椅起身，奥利维耶给她看手中的文件夹。

奥利维耶 我从帕特里斯在音乐学院的办公室里

拿了这个，一些文件，信件，照片……我本想把它放到楼上去……

朱莉　我不需要。

奥利维耶把文件夹放到边柜上。

朱莉　拿走吧，拜托了。

奥利维耶又拿起文件夹，把它打开，翻里面的文件和照片。思忖一番后，又将文件夹合上。

奥利维耶　我觉得您会感兴趣的。如果需要，我随时在的。

奥利维耶微笑一下，和律师握手，朝朱莉欠下身，离开了。朱莉倒了两杯葡萄酒，递给律师一杯。律师打开他的皮质公文包，拿出一沓文件。

律师　有一大堆事情。我不知道您有没有足够的精力……

朱莉　我可以。

律师　在您……住院期间，生活在继续。我们完成了你们纽约公寓的购买手续，我们的股票经纪人正确地在匈牙利政府债券上投了很大一笔钱……

朱莉打断他。

朱莉　很好。我来让您的工作变得简单点……银行账户一般是几位数？

律师　九位……

朱莉 我们来想一个九位数……

律师 我不明白。我不知道怎么想……

朱莉 很容易，您的生日是哪天？

律师 27号，6月，41年。

朱莉 这就有六位了。您女儿多大？

律师 19岁。

朱莉 这就有八位了。让我想想……这么说吧，您掉了几颗牙？

律师担忧又震惊，用舌头舔牙数了数。

律师 五颗。

朱莉 九位数了。这个秘密账号的数字就是270641195。

律师不明白朱莉的意思。但他是个谨慎的人，用舌头又数一遍自己的牙齿。

律师 抱歉，是六颗。我掉了六颗牙。

朱莉 好。那么账号就是：270641196。记下来，把我们银行里的钱都汇到这个账户。要绝对保密，没人可以知道。这对我很重要。

律师在喘气，绝望地想找到反对的理由。

律师 可我不知道户主的名字。把钱全打到这样一个账户……

朱莉 您会找出来的。

律师 是的,我会找出来。

朱莉 首先,把我母亲在养老院剩下来要付的费用都付了。

律师 好的。

朱莉 尽快返还所有合同的预付金,我们不可能完成合同了。

律师 按照合约,我们可以保留这些钱。

朱莉 把钱还回去。下一步,把我们的股票还有匈牙利政府的债券都卖掉。把房子卖掉,我们所有的资产和车子,纽约的公寓,还有海边的那幢房子。所有钱都汇到同一个账户。

律师 270641196?

朱莉 是的。

律师 汇给一个我们不认识的人?

朱莉 是的。

律师 那可是好几百万啊。

朱莉 是的。

律师 我能问问原因吗?

朱莉 不行。

律师被惹恼了,从扶手椅里站起。

律师 可以原谅我离开一会儿吗?

他走出房间,显然是去洗手间。朱莉露出一丝不易察觉的笑。她站起来，又往两个杯子里倒酒。传来马桶冲水的声音。律师回来了，笑得很勉强。

律师 您自己会留下什么呢？

朱莉 我自己的账户。

律师挂着同样勉强的笑容点点头。他举起自己的杯子，喝一口，做了个鬼脸，像是不太喜欢这种酒。他想出了第一个针对朱莉指令的反馈。

律师 我们必须等到遗嘱处理完毕。在此之前我什么都不能做。

朱莉的语气和刚才一样平静。

朱莉 好的，那我们就等等。

19.

内景。外景。朱莉的房子。傍晚。

在日尽时分的蓝色光影里，朱莉叹口气，打开手提包，拿出那张折叠过的纸，展开。她仔细读完每一个音符，又回到第一个音符重读。清澈、明亮的钢琴声响起，每一次按键都对应着朱莉眼中的音符。这是一首协奏曲的片段（大约二十秒）。她的目光从纸上移开，但音乐在继续，弦乐部分甚至变得更复杂。朱莉的目光移向一边，发现自己的手指就在三角钢琴盖的撑杆旁。她慢慢移动手指，靠近撑杆，然后以同样慢的速度一点点推动它，直到杆子沿着钢琴光滑的表面滑下，琴盖轰然砸落。音乐骤停。朱莉的呼吸急促起来。她将纸一折四，放回了手提包。她关上灯，走到窗前，靠在窗框上，望着前方。透过窗户，她看到了花园、暮色渐深中的老树林、小巷，以及远处某个方位的巴黎。

镜头慢慢往前推，朱莉从镜头里慢慢消失，画面里只留下窗外的风景。公园的景色渐渐暗下，没几秒钟，夜色落幕。公园暗下去的同时，被灯照亮的朱莉的脸逐渐映上玻璃。伴随着这张脸的画面，响起此前相同的背景乐。朱莉闭上眼。

20.

外景。抄谱员公寓外的街道。白天。

朱莉停下她的小型跑车，倒车，停到人行道上靠近几张露天咖啡桌的地方。她下车，走进大楼正门。看得出来，她来过这地方。

21.

内景。楼梯井。白天。

朱莉在等电梯。她看到电梯有人在用，红灯在有规律地闪烁。她不耐烦，直接跑上楼梯。快上到二楼时，亮着灯的电梯从她身旁庄严地下行。朱莉按下四楼一户人家的门铃，一个年轻女子开门，是抄谱员。

22.
内景。抄谱员的公寓。白天。
房间里散落着乐谱、抄谱的长卷纸和古老的蚀刻画。抄谱员显然很喜欢这类版画——房间里挂得到处都是。

抄谱员 我还没动手……我准备开始工作的那天是……

朱莉 我离开的那天？

抄谱员 是的。后来我觉得应该等您的消息。

朱莉 您是对的。

抄谱员拿出几大张乐谱，展开，上面有很多用蓝色记号笔改动过的痕迹。抄谱员指着这些蓝色笔迹。

抄谱员 改得很多……

朱莉 跟过去差不多。

抄谱员将乐谱递给朱莉。跟这些乐谱分别，显然让她很难过。

抄谱员 它很美。

朱莉淡淡一笑，点头，也许吧。她把乐谱卷起。

朱莉 有消息吗？他跟您联系过没有？

抄谱员 没有。事实上……我已经习惯了一个人。

朱莉挟着乐谱准备走。

抄谱员 他会回来的。他们通常都会回来。

抄谱员突然想到什么,拦住了朱莉。

抄谱员 你们没碰到吗?

朱莉 谁?

抄谱员 她刚来过……您来之前刚走,《音乐世界》的高德瑞女士,我以为你们在电梯里碰上了。

朱莉 没有……

她走到窗口张望大街,没看见什么,除了自己的车,咖啡馆的彩色阳伞,以及车来车往。她没看见那个记者。

抄谱员 她想聊我的工作,可谈话中间,我觉得她是在追查一样东西。

朱莉 这个?

她示意乐谱。抄谱员点头,是的,就是这个。

朱莉 您跟她说了吗?

抄谱员摇摇头。

抄谱员 这是敏感话题。

朱莉 谢谢您。我不知道我们是否还会见面……

她向抄谱员伸手。抄谱员握上她的手,笑。

抄谱员　不指望了。

23.

内景。楼梯井。白天。

朱莉带着乐谱跑下楼梯。跑到楼梯平台时，窗外院子里的动静让她停下。院子里，一名清洁工正拖着垃圾箱，向嗡嗡作响的垃圾车走去。

24.

外景。院子。白天。

朱莉手里拿着乐谱，朝拖着塑料垃圾箱的清洁工奔过去。他正要把箱子扣上垃圾车的挂钩，她赶在他行动之前将乐谱扔了进去。清洁工对她匆忙的动作报以微笑，拉动手柄。朱莉站定，看着垃圾车不情愿地磨碎垃圾箱里的东西，发出不怎么动听的嘎吱声。

25.

外景。抄谱员公寓外的街道。白天。

朱莉走到自己车旁，看见那个记者，高德瑞女士，正坐在咖啡馆里。记者冲朱莉笑，像是在等她。朱莉有点犹豫，拉开车门又关上。她朝微笑的记者走过去，向她表示问候，但没有坐下。

记者 有趣的巧遇，不是吗？

朱莉 是啊。

她看看周围，确认记者不会看到她将乐谱丢进垃圾车的动作。

记者 我猜您会来这里。然后正当我离开时看到了您的车，发现自己的直觉相当不错。

朱莉点头，为她的聪明，或者说机警。

朱莉 不是为了采访或者写书？

记者 不是。

朱莉 那是为什么？

记者 给我半小时，我会解释的。

朱莉 不必了。

她作势要走，记者的话停住了她。

记者 一道伤疤。

朱莉 什么？

记者 他的大腿内侧有一道伤疤。

她拉过椅子，坐下。

朱莉 您怎么知道的？

记者 能给我一点时间吗？

朱莉 您怎么知道的？！

记者 别多想。我们从前一起在沙滩玩过。后来我读到他的事情，后来我写过文章。就这些。

朱莉 您想知道什么？

记者 一个有才华的年轻人是怎样变得杰出的。

朱莉 您想知道的可不少。

记者 我知道是您在安排他的生活。您帮他交税，帮他起草合同。他不用操心截稿期、票务和会议。他的遗嘱反应了这点，您继承了所有。

朱莉 您知道得很多。

记者 是的。我跟很多人谈过，包括奥利维耶。

朱莉 奥利维耶？

记者 奥利维耶。我注意到他喜欢谈论您。他跟您丈夫合作够久，所以知道这些。他说你们的婚姻很幸福。您温和、温暖……

朱莉一言不发，看向别处。记者向她凑近过去。

记者 你们相爱吗？

朱莉 是的，很爱。

记者 这就够了？爱？

朱莉 我猜是……

记者很近地、探询地看着朱莉。

记者 我最想知道的是，帕特里斯的音乐是您代笔的吗？

朱莉毫不迟疑。

朱莉 不是。

26.

内景。朱莉的房子。傍晚。

房子里的家具搬空了。一盏落地灯的光照着朱莉,她清空了手提包,都是些女人的包里通常会有的东西。她仔细整理,把它们分成两摊,一摊是她决定留下的(她的护照,折起来的乐谱,一套修甲工具),另一摊是她决定丢掉的(几把钥匙,一本电话本,几张小纸条,奥利维耶给她的迷你电视机)。她拿来一个废纸篓,把要丢掉的东西都丢进去。她将手提包倒过来又抖一抖,包里掉落一些灰尘,和一根彩色棒棒糖。朱莉停下动作,弯腰拾起棒棒糖。玻璃包装纸的窸窣声。她闭上眼,又睁开,拆掉包装纸,尝了尝。她舔了几口糖的表面,接着,一记突然的脆响,她把糖一口咬碎咽了下去。她将包装纸扔在一边,伸手去拿电话。从废纸篓里捡出她的电话本,找到一个号码。她拨出号码,等待接通,一边将电话本扔回了废纸篓。电话那头响起一个男人的声音。

奥利维耶 (画外音)喂……

朱莉 我是朱莉。我想问您……您爱我吗?

一阵沉默。

奥利维耶 (画外音)是的。

朱莉 什么时候开始的?

27.

镜头切换到奥利维耶的公寓。傍晚。

奥利维耶在自己的公寓里,电话听筒按在耳边,背景里有一架三角钢琴。这是一间宽敞、体面的公寓。

奥利维耶 从我和帕特里斯一起工作开始。

他在衬衣上擦了擦汗湿的手心,拿起一支烟。

28.

内景。朱莉的房子。傍晚。

朱莉在打电话。

朱莉 您觉得我好吗?

奥利维耶 (画外音)是的。

朱莉 吸引人吗?

奥利维耶 (画外音)是的。

朱莉 您会想到我吗?会想念我吗?

奥利维耶 (画外音)我会……

朱莉 那就过来吧。

奥利维耶 (画外音)现在?

朱莉 是的,现在。

奥利维耶在电话里沉默半刻。

奥利维耶 (画外音;没有情绪起伏)您确定?

现在换成朱莉没有立刻回应。

朱莉 来吧。

29.
镜头切换到奥利维耶的公寓。傍晚。
奥利维耶放下听筒,汗湿的手心在听筒黑色的塑料表面留下的潮气在慢慢退去。

30.
内景。朱莉的房子。夜晚。
外面雨很大,因为奥利维耶进门时都湿透了。他的头发紧贴住脑门,大衣透湿,沉甸甸的,右腿的裤管沾着泥。朱莉歪着头看他。她穿着一条黑色的贴身短裙,光着脚。

奥利维耶 我滑倒了……

朱莉 脱掉吧。

奥利维耶解开扣子,脱掉大衣,过程中一直看着朱莉。他四下张望可以挂大衣的地方,可房子里没有任何家具,最后按朱莉的指示,直接将外套丢到地上。两人之间从本场开始就存在的张力在加剧。

朱莉 还有其他的……

奥利维耶解衬衣,把它从裤子里抽出。在朱莉面前脱衣服让他有点不自在。为了解开皮带扣,他不得不往下看。这时，朱莉从头上拉起她的黑色紧身裙，一口气脱下来。奥利维耶的手还在皮带上，抬眼停顿一下。朱莉听凭他看着自己。

朱莉　他们把床搬走了，只剩下床垫。

她走到奥利维耶面前，贴到奥利维耶身上，让后者能够自然地用双臂把她抱起。朱莉用双臂环上他的脖子。奥利维耶往床垫走去，将朱莉慢慢放倒在上面。

31.

内景。朱莉的房子。夜晚。

朱莉端详奥利维耶的睡颜。过一会儿，轻声开口。

朱莉　奥利维耶，您睡着了？奥利维耶……

奥利维耶没有回答，也没有动弹。朱莉移开目光，看向某处，继续低语。

朱莉　事情甚至可以这样。但不会。

奥利维耶没动。朱莉把头枕在自己手臂上，闭上眼。她深吸一口气，屏住一会儿，让空气停留在肺部，像一个尽可能往水里下潜的人。

32.

内景。朱莉的房子。清晨。

朱莉已经穿好牛仔裤和衬衣，将一杯咖啡放到床垫旁。奥利维耶闻到热咖啡的香气,睁开眼。他没完全醒,看见朱莉站在面前,一副准备出门的样子。

朱莉 我很感谢您为我做的一切。我想您不会想念我的。您肯定注意到了,没有什么好想念的。我和别的女人一样,会出汗,夜里会咳嗽,凌晨会牙痛。我有一颗蛀牙。

她淡淡一笑,拎起一只很大的皮包,走出房间,在门口对他说。

朱莉 您走的时候别忘了关门。

说完从门口立即消失,奥利维耶都没来得及做点什么或说点什么。他愣一会儿才意识到发生了什么。他找自己的裤子,在离床垫很远的地方找到了。他穿上裤子,跑到窗口。他打开窗,看到朱莉的跑车停在房前,朱莉却独自走出了敞开的院门去。她已经听不见他的呼喊。

奥利维耶 朱莉!

33.

外景。朱莉的房子前。白天。

朱莉沿房子围墙走得很快。她握紧拳头摁在墙上,一路蹭着指关节走过。动作维持了一阵。然后停下,把拳头从墙上拿开。皮破了,血渗出来。她痛得直吸气,眼里闪着泪光。出于本能,她把受伤的关节凑到唇边,继续往前走,前方出现热闹的十字路口。

34.
内景。地铁站。白天。
朱莉到站下车,穿着牛仔裤,背着小背包。所有乘客都在下车,显然是终点站。朱莉随着人流往出口走去。

35.
外景。巴黎郊区。白天。
朱莉随着人流走出地铁站。她望望四周,神清气爽。这里的建筑没有巴黎市中心那么雄伟,广场集市拥挤着各种小商店、水果摊和鱼摊,人群熙攘,相互间大多认识。嘈杂的人声。朱莉从镜头里消失一会儿,又出现,她在浏览那些房子、商店和人。她在一块待售公寓信息的展板前停下脚步,扫了眼展板信息,走了进去。

36.
内景。房产经纪人所。白天。
房产经纪人三十来岁,打扮体面。他对自己的外表显然很满意,也懂得利用这个优势。他正在认真听朱莉说话。

朱莉 不用很大,三个房间,可以在顶层。可以没有电梯。

房产经纪人琢磨一下。

房产经纪人 锻炼身体?

朱莉 可以这么说吧。我想有露台,或者一个大阳台……

房产经纪人 明白您的意思……抱歉,最好先让我给您些建议,那会容易些。您是做什么的?

朱莉 什么也不做。

房产经纪人 完全不做?

朱莉 完全不做。

房产经纪人轻轻搓鼻尖。这个动作很恰当,朱莉纯真地笑了。房产经纪人拿出一支笔。

房产经纪人 请告诉我您的名字。

朱莉 朱莉·德·考西。

房产经纪人在记。

朱莉 抱歉,习惯了。我想用回娘家的姓,朱莉·维侬。

37.

内景。外景。朱莉的公寓。傍晚。

朱莉在新公寓的露台上巡视周边,可以看到屋顶和邻居们的房间。她舒展一下身体；心情不错。对面窗户里，能看到背对她坐在扶手椅里看电视的人们。电视里在放攀岩比赛，参赛者都穿着鲜艳的运动服，借着人造岩壁上的每一道缝隙往上爬。朱莉将目光从电视上移开。她穿过打开的阳台门，回到房间里。公寓里还很空，装修过，墙刷得很干净。在配了家具的厨房里，朱莉找到一个脚凳。她把凳子放到房间中央，爬上去，手向上试探，看自己是否能够到天花板上的挂钩。凳子的高度足够。她从窗台上的背包里取出我们见过的那盏蓝色圆形吊灯，再次爬上凳子，把灯挂了上去。再从背包里取出一件黑色套衫，从衣架上取下裙子，把它们统统挂到门背上。她走到窗边，将空包放回窗台。她从城市全景中看到一个游泳池的圆顶，笑了，点点头。

38.
内景。泳池。夜晚。
这个点的泳池没有人，水面泛着蓝光。朱莉跳下去，沉着地挥臂，游过整个泳池。

39.
外景。巴黎郊区。白天。

朱莉坐在咖啡馆的一顶太阳伞下面。街道和集市人来人往。一名侍者走过。

侍者 （走过时）您好吗？

朱莉 很好。您呢？

侍者点点头，也很好。回来经过朱莉身边时，他稍稍放慢脚步。

侍者 老样子？

朱莉 老样子。

侍者走开了。朱莉继续守候，从这个她惯常的视角探身观望。一个穿大衣的男子在对角一堵墙边停下，取出一支长笛吹了起来，笛声清冷。侍者端来了冰激凌和咖啡。朱莉往冰激凌杯里倒一点咖啡，边吃边怡然地聆听长笛。侍者经过时，朱莉向他示意，给了他一枚硬币。侍者用托盘接下，去送给长笛手。朱莉看到长笛手向侍者轻轻点头致谢。

40.

内景。朱莉的公寓。白天。

外面在下雨。朱莉站在窗前，看雨滴从玻璃上滑落，我们同样可以看到雨水在她脸上投下的淡影。房间里家具已摆放停当，有了点样子。她在专注地追随一滴雨。细细的雨滴犹疑，迂回。它钻过窗框上的一道缝隙，落到窗台上，鼓了起来。朱莉用手指划出一条线路，让它往窗台的边沿流去。她从桌上拿了一个玻璃杯，伸到窗台下。雨滴落进杯子。朱莉笑了，好像有什么重要的事情需要由掉进杯子的这滴雨作裁定。也许她在预测自己按眼下方式生活的可能性，这滴雨水印证了这种可能性。

41.

外景。朱莉的房子。白天。

朱莉的房前，奥利维耶倚在自己车上，四周空无一人。百叶窗都已经拉下，步道的缝隙里已经长出杂草。奥利维耶点了一支烟，在等着什么。门只开了半扇，一张大床垫从屋里费力地挤出门来，不一会儿，推床垫的园丁也冒出头来。他将床垫竖起，询问地看向奥利维耶。

园丁 是这个吗？

奥利维耶仔细打量床垫。

奥利维耶 是的，是它。

这是奥利维耶和朱莉曾经在上面做爱的那张蓝色床垫。奥利维耶走向园丁，两人一起把床垫搬到奥利维耶的车上，打开后备厢，放下后排座位，两人费很大劲才把床垫塞进车里。

园丁　您要它干嘛呢，这么旧的床垫？

奥利维耶　不然浪费掉了……

奥利维耶从钱夹里取出三百法郎递给园丁，上车开走了。从车尾戳出来的床垫，随着坑洼的路面上下颠簸。

42.

内景。医院。白天。

医生又看了眼检查报告，然后归档。朱莉从屏风后面出来，扣好衣服。

医生　身体一切正常，精神也不错，状态很好。您跑步了吗？

朱莉笑。

朱莉　我去游泳了。下个月再来？

医生　也许可以过两个月再……

电话铃声打断了他。他拿起听筒，听电话那头的人说一会儿，然后将听筒递给朱莉。

医生　找您的。

朱莉吃惊又有点不自在，拿起听筒放到耳边。

朱莉　您好……

电话里传来一个陌生年轻人的声音。

男人的声音　（画外音）您好。我叫安托万……

您不认识我。

朱莉绷着，回答干巴巴的。

朱莉 不，我不认识您。

男人的声音 （画外音）我知道。可我想见您，很重要。

朱莉 没什么是重要的。

男人的声音 （画外音）跟一样东西有关。

朱莉 什么东西？

男人的声音 （画外音）一条带十字架的项链。

朱莉不自觉地摸下脖子，那里既没有项链也没有十字架，一时语塞。

朱莉 好吧。今天下午四点，韦弗勒咖啡馆，克里希广场。

朱莉放回听筒，看向医生。

医生 一个好人。您住院时就来过几次，后来一直试着用电话黄页找到您。我答应他今天这个时候打过来，我很抱歉。

朱莉 没关系。

她朝门口走出一步，又退回来，语气里带着决绝。

朱莉 感谢您为我做的一切，我想带走我的病历。

朱莉伸出手，医生似乎想问她这么做的原因，但面对她的决绝，只能把病历递给她，里面有之前的检查结果。

43.

内景。韦弗勒咖啡馆。白天。

安托万将一条带十字架的金项链放到朱莉手里。我们能认出他，是本片开头奔向出事萨博车的那个年轻人。朱莉吃惊地看着项链。

  朱莉 我都忘了自己有过这个……

  安托万 我是在离车五米左右的地方发现的。我拿走了……然后不知道该拿它怎么办……这是偷……

他露出一个迷人、稚气未脱的笑。朱莉注视着项链。随后合上手掌，将项链握在手心，目光始终没抬起。

  安托万 您不想知道些什么吗？我跑到那儿，事情刚……

朱莉断然喝止。

  朱莉 不用。

安托万低下头，她的口气让他有点受伤。朱莉意识到自己打断得太粗暴，摸摸他的手腕。

  朱莉 对不起。

安托万抬起头。这条项链，以及他在事故现场目睹的一切，显然给了他不小的冲击。

安托万　为了这条项链，我一直在找您，当然……也希望您能解释一些情况……

朱莉　什么？

安托万　我打开车门的时候，您丈夫还活着。他说……

他停顿一下，朱莉专注起来。

安托万　他说的……我听不懂。他说："您现在再咳嗽试试。"

朱莉看着他好一会儿，突然哈哈大笑起来。笑个不停。安托万一脸茫然地望着她。

朱莉　（还在笑）当时我丈夫正在给我们讲笑话。他看过的一本书里的笑话。说有个女人咳得很厉害，去看医生，医生给她开了些药。女人问"这是什么药？"，一边吞下了一片。"这是我知道的最强力的泻药。"医生回答。"泻药？"女人很惊讶。"是的，"医生回答说，"现在您再咳嗽试试。"我们都笑了，然后车就撞了……

安托万被这个笑话逗乐了。朱莉反而严肃起来。

朱莉　我丈夫是喜欢重复笑点的那种人。

朱莉仔细打量年轻人。然后摊开紧握不放的项链，举起。

朱莉　您把它还给我了？

安托万点头是的。朱莉将项链递过去,他不自觉地摊开手掌。

朱莉 拿去吧,当是一份礼物。

朱莉放下项链,让它落进安托万的手心。没等安托万作出反应,她已经走出了咖啡馆。

44.

内景。泳池。夜晚。

朱莉用力划水,游过泳池的短边。她在水下翻身,又以同样的力度往回游,水花四溅。游到池边,她累了,大口喘气。然后把头埋入水下,重整她的头发,甩头,让它们自然漫开。她抓上池边,从水里撑起,悬停在那里,耳边重又响起那段强劲的背景音乐,就是之前朱莉试听的那张只有一行的乐段。她听了一会儿,又猛地把头埋进水里。音乐停。水面,在朱莉带起一轮波纹后,复归平静。

45.

内景/外景。朱莉的公寓。夜晚。

朱莉半夜被一阵喧哗吵醒。她坐起身甩甩头,想赶走睡意。喧哗是从街上传来的,她一边穿睡袍一边跑去窗口。街对面有人在打架,黑黢黢看不真切,像是三个打一个。落单那个穿的浅色衬衣，强壮灵活，几次被打倒又爬起。他们最终抓住他放倒在地，狠命踢。穿浅色衬衣的那个蜷起身，护住头。突然他又蹦起来，一头撞到一个家伙肚子上，对方倒下，落单的那个跌跌撞撞跑过街，从朱莉的视野里消失。朱莉推开窗户探头往下看。那三个重又结伙，追赶落单的那个，但被一辆开过的长货车挡了一下。不一会儿，朱莉听到楼梯里响起惊慌急促的脚步声，以及绝望的敲门声。没人开门。脚步声往她这层上来。他跑上来先是猛敲一阵邻居的门，最后来到朱莉的门前。这是最后一层了，最后的希望。拍门声透出彻底的绝望。朱莉站在窗口没动，脸色煞白，她在阻止自己跑去开门。楼梯里传来更多急促的跑动声，殴打声，一具身体摔倒又滚下楼梯的声响。寂静。朱莉又等了一会儿，才过去开门。

46.

内景。朱莉公寓的楼梯井。夜晚。
门外已经没人。朱莉打开走廊灯——楼梯上也没人。她往下走一层再看——楼梯井里没有一丝动静，像什么都没发生。就在这时，传来门被猛地摔上的声音。朱莉立刻回头，意识到发生了什么，过道里的风把她的房门吹上了。她被半夜独自留在楼梯井里,身上除了一件薄薄的睡袍,什么都没穿。

她抱着微弱的希望回到自己那层。她徒劳地推推门,转动门把手,在门框上摸索可能的突破点。她闭上眼睛,生自己的气。又握紧拳头控制情绪,准备理性行事。透过楼梯窗能看到自家的露台,但两者隔着相当一段距离,突出外墙的窗沿看起来也不很牢固。朱莉打开窗,爬出半个身子,伸腿去够突出的窗沿。窗沿很低,而且找不到落脚的位置,她只能又爬回来。关窗时,灯又灭了。她把灯重新打开,决定坐在楼梯上等天亮再说。此时才意识到有多冷,她蜷起身,抱住自己。灯又灭了。朱莉又冷又无助,眼里闪着泪花,坐在黑暗里。她疲惫地合上眼,耳边顿时炸响那段强烈的音乐。朱莉立刻睁开眼,音乐停。等了一会儿,她有意再闭眼,音乐又响,跟此前一样——带着很强的节奏——并在往下发展。就是此前泳池一幕里听到过的那段,但这次的持续时间是之前的两倍(大约四十秒)。

我们不知道她在那里坐了多久,直到楼梯井的灯光再次亮起。音乐渐停。朱莉睁开眼,身体下意识动了一下,起先没回过神,不知身在何处,在做什么。她听到有上楼的脚步声。然后看到一个年轻女子打开下面一层她的房门。她叫露西尔。露西尔没有直接进屋，而是用手指在隔壁邻居的门上轻轻挠了几下。朱莉不太明白这动作的含义。灯灭。露西尔挠过的那扇门开了，谜题解开。邻居溜进姑娘的门，衬衣都没束好，挂在裤子外面，蹑手蹑脚。她显然留了门，因为他很轻易就进去了。朱莉笑了，这个场面的意味是显而易见的。她站起来，扶着栏杆刚走下几级，又不得不回到原位，因为露西尔的门又开了，那个邻居出现在楼梯井，他察觉到有人，也听见了响动，他打开灯仰头看，发现了坐在楼梯上的朱莉。

邻居 您好……

朱莉 您好。

邻居的房门开着，门缝下面挤出一只漂亮的大肥猫，这只猫显然被照料得很好。

邻居 被锁在外面了？

朱莉点头。邻居努力压低声音。

邻居 我有一次也忘了带钥匙，在楼梯上一直坐到天亮。您不想叫醒管理员吗？

朱莉 不。

邻居 我妻子睡着了，炮弹也吵不醒……您想来我家坐着等吗？或者睡一会儿？

朱莉莫名所以，但感觉他的提议有点暧昧。

朱莉 谢谢。我坐这里就好。

邻居招呼一声猫。猫钻回屋里,尾巴竖得笔直。他朝朱莉了然地眨眨眼,关上门。朱莉对自己苦涩地笑笑。邻居的门又开了,这次手里拿着一条毯子和一杯茶。

邻居 至少喝点什么吧,是热的。

递给她毯子和茶。

邻居 您可以明天再还我。

他又眨眨眼,下楼回屋。朱莉裹上毯子,将茶杯送到嘴边。她闻闻毯子,皱着眉把它从脸旁移开。

47.

外景。巴黎郊区。白天。

公园里。朱莉深吸一口寒冷的空气,样子很享受。她闭起眼吸纳阳光,或许想再听一下脑子里偶尔回荡的那段音乐,可这次只有寂静。朱莉此时并没注意到,有个穿戴齐整的老太太,手里拿着一只大玻璃瓶,朝一个回收玻璃的垃圾箱走去。老太太踮起脚尖,想把玻璃瓶投进箱子。她年纪太大了,背驼得厉害,没法够到投入口。她笨拙地往上蹦了一下,不很成功,瓶子卡在箱子的橡胶开口处,半截留在外面。老太太走开了。朱莉有点不自然地迎着阳光,脸上挂着淡淡的笑意,眼睛始终没睁开。她晃下头,把自己从阳光下的恍惚中唤醒，伸展一下身体，站起身。

48.
外景。巴黎郊区的街道。白天。

朱莉欢快地朝自己公寓走去，经过长笛手身边时，还合着音乐的节奏调整步点。她踩着这步点，走进了公寓楼门洞。长笛手丝毫没理会朱莉，自顾自在吹，眼睛瞅着咖啡馆的方向。奥利维耶正坐在朱莉平时坐的那张桌子前，手里端着一杯葡萄酒。侍者又送来一杯，显然是他点的，奥利维耶给他指了指长笛手的方向。侍者耸耸肩，来到长笛手跟前，把酒杯递给他。

49.
内景。朱莉的公寓。白天。

朱莉在重新布置房间，将客厅改成卧室。她把床竖起，小心翼翼地挪过狭窄的门，然后从床和门之间的空隙中挤到另一边，使出全身力气把床蹬过去。床咣的一声砸到地板上。恰好门铃响，朱莉直起腰。她没在等谁。她去开门，一个四十来岁的女人站门口，和蔼得像个老师，手拿一叠文件。是那个邻居的妻子。朱莉笑着把门开大些。

朱莉 很抱歉弄出这么大动静，马上好了。

邻居妻子　我什么都没听见呀……可以进来吗？

她进门，瞄了眼室内的狼藉。她把文件摊开在歪歪斜斜的桌上，事先还用手抹下桌子，确认它够干净。

邻居妻子　（好心地）听说您上周被锁在外面啦？

朱莉　是的。您丈夫借给我一条毯子。我当时坐在楼梯上。

邻居妻子　我想请您在这上面签名。

朱莉走到桌前扫一眼文件，吃惊地抬起头。

朱莉　这是什么？

邻居妻子　所有人都签了，我们不希望那些勾引男人的女人住在这个楼里。您楼下的那个姑娘……

朱莉收起文件，递还给邻居妻子。

朱莉　很抱歉，我不想参与。

邻居妻子　她是个婊子。

朱莉提高嗓门，但表情很克制。

朱莉　这跟我没关系。

邻居妻子冷冷地盯着她。朱莉不为所动，继续弯腰把床朝角落里拖。邻居妻子气冲冲地跟在后面，然后突然转身走了。朱莉被累着了，靠在床边无声窃笑起来。

50.

外景。巴黎郊区。傍晚。

朱莉购物回家。她转过街角,却没听到通常听到的长笛。她放慢脚步,停下。长笛手躺在人行道墙角那个平时的演奏位,身旁放着没打开的长笛盒。朱莉走过去弯腰看他。他显然喝醉了,下巴上挂着一条细细的唾液。朱莉伸脚把长笛盒推到他脑袋旁边,长笛手醒了,盯住她,但没认出朱莉。朱莉又把长笛盒往他脑袋推近一点。长笛手抬下头,满足地枕到盒子上,嘴里嘀咕几句。朱莉没听清,靠过去。

朱莉 您说什么?

长笛手 你总得留下点什么。

朱莉 我不明白。

长笛手深吸一口气,继续睡。朱莉起身走开,没再回头看他。拐过街角时,她耸耸肩,觉得——或许——自己做了件傻事。

51.

内景。朱莉的公寓。白天。

朱莉在冲澡,任由喷头强劲的水流打在自己身上。她关掉水,又一动不动地站了一会儿,舒坦地把头往后仰,感受头发上的水珠滴到背上,滑落下去。

朱莉身上裹一条浴巾，任由头发湿着。她从抽屉里挑出一条内裤，掂量下这条小短裤的颜色。她拉开另一个抽屉，就着灯光，翻捡着款式不一的连裤袜。

她拉上牛仔裤，套上一件女式衬衣，给自己倒上一大杯咖啡，为自己能够随心所欲地生活而感到满足，甚至一声门铃也让她雀跃。她打开门，门口站着露西尔，手里拿着一小束花。她把花递给朱莉。

露西尔 谢谢您。

朱莉接过花，不明白自己做了什么好事。

朱莉 这是为什么？

露西尔很随便就走进了屋子。

露西尔 我留下了。需要所有人签名才能把我赶走。所以我留下了。这里真漂亮……

她打量一番朱莉刚收拾好的屋子，在中间站定，抬头看天花板，笑。

露西尔 我小时候也有这样一盏灯，会在下面拼命伸手去够它……

她停顿一下。朱莉好奇地看着她。

露西尔 我梦想自己能跳起来碰到它。长大后，就都忘了……

她举起手，用手心碰了碰那盏灯。

露西尔 你是怎么搞到它的？

露西尔跟朱莉说话的态度就和她走进来时一样随便，好像彼此很熟。

朱莉 就是搞到了。

露西尔 是纪念品？

朱莉点头。露西尔很容易就接受了这个说法。

露西尔 你一个人住吗？

朱莉 是的。

露西尔 我受不了夜晚一个人。

她注视朱莉。

露西尔 肯定发生过什么。你不是那种被别人抛弃或自己去偷情的类型……

朱莉没接话。

露西尔 抱歉，我话太多了。

她走到窗口往下看。

露西尔 可怜的家伙。

朱莉 谁？

露西尔 昨晚我回家时，他睡在那里。这会儿人不见了，长笛却还在。

朱莉走到她身旁。她是对的，长笛手不在，长笛盒在墙边。

52.

外景。巴黎郊区。白天。

朱莉从公寓楼出来,朝长笛盒走去。天色尚早,清晨的交通比午间繁忙。她蹲下打开盒子。长笛安静地躺在里面,盖子内侧贴着一张小卡片,上面写有名字、地址和电话。朱莉拎起笛盒,走到最近的电话亭。为了看清号码,她一边举盒盖,一边按号码。一个女人接的。

朱莉 这里是43079274吗?

女人的声音 (画外音)是的。

朱莉 我在一个长笛盒里发现了这个号码……

女人的声音 (画外音)没错。

朱莉 有人把它丢在街上。

女人的声音 (画外音)那家伙喝醉了,忘了自己的乐器,经常这样。他今天凌晨才回家,这会儿睡在我边上。或者昨晚他睡在您边上……

朱莉 不。我在街上发现的这支长笛,是在……

女人的声音 (画外音)我知道他在哪儿吹长笛,您能先收着吗?

朱莉 不行。我会把它放回去,我没空。

女人的声音 (画外音)我会来取的,谢谢。

朱莉放回听筒,关上笛盒,提着它回到人行道。她把盒子放回原处，立马转身回家。快到公寓大门口时，她又回头瞅了一眼，却吃惊地发现盒子不见了。她注意到行人中有一个不修边幅的高个子家伙，踏着悠闲的步子，手里拿着外套，下面好像盖着什么东西。朱莉迅速追过去，不时还跑上两步，终于在圆形广场的转角处赶上，一手拽住他外套袖子。那人并没因此放慢脚步，朱莉低声说。

朱莉 您偷了长笛。

那人转过身一脸惊讶，像是不明白她在说什么。朱莉语气肯定地重复一遍，这次声音放大了。

朱莉 您偷了长笛！

她扯住那人袖子，附近有几个路人停下。那人甜甜地一笑，轻轻摆脱朱莉的手。

男人 我什么也没偷。

他把手伸到外套下面，取出盒子递给朱莉，又气定神闲地缓步走开了。朱莉打开盒子，长笛在。朱莉又把它放回到大楼下的老地方。她在边上站了一会儿，然后一步一回头地来到露天咖啡馆那张她常用的桌子前坐下。侍者过来了。

侍者 老样子？

朱莉 不，只要咖啡。我其实没工夫喝。

她探着身子，眼睛始终不离长笛盒，可什么也没发生——盒子安好,不时有行人走过。突然,朱莉听到有人叫她名字,转头看去。奥利维耶站在两步开外的地方。朱莉一脸惊讶地看着她。奥利维耶则目光热切。侍者走过来,把咖啡放到朱莉面前。奥利维耶抬手。

奥利维耶 我也要咖啡。

他没等朱莉开口邀请,也或许为了让侍者明白他的咖啡位,就在朱莉对面坐下。侍者点头走开了。

奥利维耶 我一直在找您……

朱莉 然后呢?

奥利维耶笑了。

奥利维耶 找到您了。

朱莉 没人知道我住哪。

奥利维耶 没人知道。我花了好几个月找您,后来突然有了眉目,一切就变简单了。我的清洁工的女儿在这片区域看见过您。我已经连续三天来这里了……您抓那个小偷时,我恰好离得不远。

朱莉 您在监视我。

奥利维耶 不。我想念您。

朱莉 哦,上帝……

奥利维耶 是的。

对话卡住了。朱莉垂下眼帘;奥利维耶则相反,始终盯着她的脸。侍者将奥利维耶的咖啡放到桌上的举动并没有改变两人的这一状态；仿佛谁都没注意这个动作。

奥利维耶 您逃跑了？

朱莉没有回答。

奥利维耶 请告诉我……您是要从我这里逃跑吗？

朱莉露出一丝微笑，缓缓摇头。奥利维耶沉默。朱莉注意到一辆豪华汽车停在长笛盒所在的街沿。长笛手从后座爬出来。一个打扮时髦的女人让他下车，自己也下来了一会儿。车开走了，长笛手从盒子里取出乐器，坐下，吹起那支优美的曲子。

奥利维耶也跟随朱莉的视线看着这一幕。

朱莉 听出他在吹什么吗？

奥利维耶仔细听，神色兴奋起来。

奥利维耶 听上去有点像是……

朱莉 没错。

两人听了一会儿长笛。奥利维耶始终凝视着朱莉。

奥利维耶 那天晚上……您以为我睡着了，其实我没有。我听到您说的话了。

朱莉 很好。那您应该懂的。

奥利维耶看着她，眼里透出绝望。

奥利维耶　见到您也应该够了。我会努力。

他站起身，没碰自己的咖啡，掏出零钱放到桌上，离开了。他钻进自己停在附近的车里，从朱莉身旁驶过时挥手作别，朱莉也回以同样的动作。她一口气喝掉自己的咖啡，速度快得近乎贪婪，随后又喝掉奥利维耶那杯，两杯其实都凉了。她做个鬼脸，从桌边起身，离开了咖啡馆。她走过长笛手身边，又想到什么退回去，朝他弯下腰。长笛手没搭理朱莉，继续平静地吹着，直到曲子结束，才把长笛从唇边移开。

朱莉　昨天您在这儿睡着了……

长笛手开心地点点头。

朱莉　我蹲下来看过您。

长笛手　我不记得了。

他觉得对话已经结束，又将长笛举到嘴边。

朱莉　您从哪里听来的这首曲子？

长笛手　我自己写过很多。我喜欢吹笛。

没等朱莉反应，他又吹了起来。朱莉蹲在他身旁听了一会儿，从裤袋里掏出一枚硬币丢进盒子，长笛手郑重地朝她点头致谢。

53.

内景。朱莉的公寓。傍晚。

朱莉回到家,打开门厅灯,猛地尖叫一声,人僵住了。她看到门厅角落里有一只老鼠,以一种古怪的姿势蜷坐在墙角,一动不动。朱莉同样一动不动地站了好一会儿,不知如何是好。她稍动一下,想吓跑老鼠,可它毫无反应。她又往前踏一步,老鼠却只是目不转睛地看着她。她跑到隔壁厨房里找来一把长扫帚,站到老鼠身前举起扫帚。扫帚挥下之际她闭起眼睛,又在最后一刻睁开——为了确保击中目标——却惊讶地发现之前没有发现的状况,不由退开一步,放下扫帚。她意识到老鼠有充分理由不躲开。她在产仔。朱莉站在那里,被完全吸引。没多久,老鼠身旁出现几只小老鼠——奇迹一般,朱莉专注的样子也像是遇见了奇迹。她轻手轻脚地走过门厅,又同样轻手轻脚地关上房门。一进屋,她就贴在门上听动静,露出尴尬、苦恼的微笑。

54.

内景。奥利维耶的公寓。傍晚。

奥利维耶好像突然下了决心,转向电话机。他迅速拨出一个号码,等了很久,终于一个男人接了。

奥利维耶　我是奥利维耶,没打扰到您吧?

对面的声音透着睡意。

男人的声音 （画外音）有点儿。

奥利维耶 很抱歉。我想试着写完它。如果可以，请您给他们打电话。我希望还来得及。

男人的声音 （画外音）我不确定，他们给我们的截止期是昨天。我很高兴您做此决定，很好。我会跟他们说的。

奥利维耶放下电话。

55.
内景。朱莉的公寓。夜晚。

朱莉睡不着。或许是被刚才撞见的一幕所触动，又或者在为自己必须做点什么而焦虑。她躺在床上，脑袋歪向一边，看着远处的某个地方，看向虚空。她听到老鼠在门厅里跑动抓挠的声音，眼神不由追过去；门下的缝隙中透出老鼠的影子。她不确定老鼠是否已经溜进厨房，显然是的，因为她觉得自己又看到老鼠跑回了门厅。过一会儿，一切安静下来，她的眼神又开始涣散，重又投入到虚空之中。

56.
内景。朱莉的公寓。白天。

厨房里，朱莉切下几片奶酪，想了想又加上一片香肠。她走向通往门厅的那扇门，又在门口犹豫停下，转身回厨房。她给自己倒杯咖啡，端着杯子在公寓里不安地踱步，随后在门厅口站定。从脸上的表情看，她在下某种决定。她把咖啡放到一边，穿上外套。

57.

内景。房产中介处。白天。

房产经纪人仍是之前登场时那副迷人相，衣着考究，只是右颊上多了一小块胶布。

房产经纪人 （惊讶地）您对房间不满意？

朱莉 正相反，我想换一套一模一样的。

房产经纪人趴到电脑上敲了几个键，笑。

房产经纪人 我想我可以帮您找到一套，不过要等段时间。

朱莉 多久？

房产经纪人 两三个月。

朱莉端详着他。

朱莉 您刮胡子时把自己割伤了。

房产经纪人摸摸脸上的胶布。他扯下胶布，苦笑。

房产经纪人 猫抓伤的。

58.

内景。朱莉公寓的楼梯井。白天。

朱莉猛敲楼里的某扇门。她又敲,门开了,邻居走了出来。他先是有点吃惊,甚至有点不自在,不过还是笑了,做出一个邀请的动作。

  邻居 很高兴见到您。请进……

朱莉站在门口没动。

  朱莉 我想请您帮个忙。
  邻居 进来吧。我妻子不在……
  朱莉 您能把猫借给我吗?
  邻居 您说什么?
  朱莉 您的猫。

邻居探究地看她一会儿,不确定她是否在开玩笑。朱莉显然很坚决。

  朱莉 我需要一只猫。要借几天。
  邻居 它没被阉过,脾气挺暴的。我不确定它会不会喜欢您。
  朱莉 没关系。

邻居点点头,做出一副"随您吧"的表情,退进屋里。他挟着猫回到门口。他把猫递给朱莉,关上门。朱莉挟着猫,上楼回到自己那层。她在门前站定,猫正一脸敌意地看她。朱莉打开自己屋子的门,开一半，把猫推进去，便立刻摔上门，飞快下楼，一路发出鞋跟叩击地面的回响。

59.

内景。游泳池。白天。

朱莉游到泳池那头，又翻身往回游。她游得太快，有点吃力。游完五十米，正打算再翻身时，她感觉到池边有人。她抓上泳池的边沿。露西尔正蹲在池边，水花溅到了她身上。她抹掉脸上的水珠。

朱莉 你在这里干什么？

露西尔 我在公车上看到你了。你像疯了一样在跑……气喘吁吁，有一部那样的电影。你就是那样跑的。

朱莉 我看过。

露西尔 你在哭吗？

朱莉 是水。

她想换个话题，却发现自己很难抑制泪水。头顶上方是露西尔的腿，她望着这双腿。

朱莉 你不穿内裤吗？

露西尔 从来不穿。

她开心地笑了。朱莉也想笑，结果哭了出来。她把脸埋进手里。露西尔抓住她的手，拉她上岸。她张开双臂抱住她，全身都被沾湿了。她们就这样拥抱了一会儿。

朱莉 我借了邻居的猫去抓老鼠。老鼠生孩子了……

露西尔 这很正常，朱莉。你害怕回家？

朱莉点点头。

露西尔 把钥匙给我，我去收拾干净。

朱莉走到泳池边的长凳那里，从放在长凳上的裤子里掏出一把钥匙。

露西尔 我会在自己家等你。

她离开了。朱莉走到泳池边，张开手臂，做出跳水的姿势。突然跑进来几十个身穿白色泳衣的小女孩。她们欢声尖叫着，扑通扑通跳进泳池。朱莉放下手臂，回到长凳，在自己的衣服边坐下。

60.

内景。奥利维耶的公寓。黄昏。

奥利维耶在一个戴摩托头盔的男人手里放了十法郎，那人看着上点年纪。奥利维耶拿着一个硬挺挺的大信封，关上身后的房门。他走向一张堆满纸的桌子，清走上面所有东西，再把电话放到一个小板凳上。像是在纪念这个时刻似的，他小心翼翼地用剪刀剪开封口，抽出几大张乐谱。他将乐谱在桌上摊开，俯身细看。这是他第一次看到这些乐谱，内容跟朱莉从抄谱员那里拿走又丢进垃圾箱的那份一样。他仔细查看乐谱以及蓝色记号笔做的修改，几乎每行都有这样的修改。最后又翻回到第一页，拿着它走到钢琴前。键盘最左边的几个琴键。

61.

外景。巴黎附近的一个小火车站。白天。

一列郊区火车停上站台。只有一人下车，是朱莉。火车驶离。朱莉显然来过这里，沿着林荫小路朝一排建筑走去。她穿过大门，然后是前门，走向这座建筑，它坐落在一个维护得很好的公园边上。她走近一扇打开的窗户。她站在窗口微笑。

朱莉 妈妈……

62.

内景。养老院的房间。白天。

舒适的扶手椅上坐着一个老太太，正仔细端详朱莉。这是朱莉的母亲。或许光线的关系——朱莉背对光站着——老太太没认出她来，随即又脸上突然焕发光彩。

母亲　玛丽-弗朗丝……

朱莉　不，妈妈。是我，朱莉。

母亲　朱莉……靠近一点。

朱莉从晃眼的窗框里消失；母亲在努力集中心思，脸上的表情表明她在和记忆抗衡，还没回到现实。朱莉出现在门厅。她向母亲贴身上去，后者热烈地抱住她，人还没有从扶手椅里起来。

母亲　他们跟我说你死了。

她端详朱莉。

母亲　你看起来很好。年轻。

朱莉　是的，妈妈。

母亲　很年轻。你总是比我年轻，不过现在也看着有三十了……我们小时候……

朱莉　我不是你妹妹，妈妈。我是你女儿。我三十四了。

母亲　我知道，我知道。我在开玩笑。我一切都好，这里什么都有。我在看……

她指指电视，电视开着。男男女女，穿着五颜六色的服装，腿上绑着蹦极绳，相继从一座很高的桥上往下跳，飞下一道深崖。朱莉的母亲怀着极大的兴趣在看。

母亲　他们把整个世界都放给你看。

她不太情愿地将注意力从电视上移开。

母亲 你也看吗？

朱莉 不看。

母亲 我也这么觉得。你想跟我说点什么吗？说说你丈夫，你的家，你的孩子们。或者你自己？

朱莉 我丈夫和女儿……都死了。我没有家了。

母亲 是的，他们跟我说了。可怜的玛丽-弗朗丝……

她伸过手来，抚摸朱莉的头发。朱莉任由她爱抚。老太太的注意力只维持了很短时间，便一边抚摸女儿的头发，一边越过朱莉看电视。朱莉意识到母亲又不清醒了；或许这正是她开口说话的原因。

朱莉 我曾经很幸福，妈妈。我爱他们。他们也爱我。我没反抗过……我的余生本该就那样度过了。可是事情发生了，他们不在了。我……你在听吗，妈妈？

母亲仍在看电视。

母亲 我在听，玛丽-弗朗丝。

朱莉 那件事发生后，我相信我只能做自己想做的。就是什么都不做。我不想要任何回忆，任何东西，任何朋友、爱人或友情……它们统统是陷阱……

朱莉说到她什么都不想要时，母亲蹙起眉头，视线从电视上移开。她专注地、探究地看着女儿。

母亲　你有钱吗，我的孩子？自己过活？

朱莉　我有钱，妈妈。

母亲　那很重要。你不能放弃一切。

朱莉　是的。

母亲放心了，点点头，立刻对朱莉失去了兴趣。电视上，又一个疯子在准备往下跳。朱莉的母亲动了下头，好像在帮他下决心，然后开心地看他跳了下去。

朱莉　妈妈……

母亲　什么事？

朱莉　我怕老鼠吗？我小时候？

母亲　不，你不怕。怕老鼠的是朱莉。

朱莉　现在我怕了。

母亲　他们结束了。

电视上，一个年轻小伙吊着蹦极绳，飞下悬崖，画面渐暗。

63.

外景。巴黎郊区。白天。

朱莉出现在她住的那条街街角。长笛手在老地方吹曲。一切是本该有的样子。朱莉听着优美的长笛，步履轻快自得。她从长笛手身前走过，没有停步，一边随乐曲节奏摇晃着自己的手提包，假想着这段乐曲是有节奏的。长笛手看到朱莉走过去,也看到了她的喜悦——像做实验似的——突然停下吹奏。朱莉被抓住了,停在半途。她站在那里,背对长笛手,一动不动。

长笛手 打扰一下!

朱莉转过身。

长笛手 您想认识我吗?

朱莉 您在想什么?

长笛手 我不知道。聊聊天,吃个晚饭。上床。

朱莉 不。

她的拒绝丝毫没有妨碍长笛手的兴致,他又吹起来。朱莉晃着她的包,踏着音乐走远了。

64.

内景。朱莉的公寓。夜晚。

朱莉看着镜子里的脸。把头歪向一边,用手按住嘴角,往上扯动,试着去笑。她被自己的动作逗笑了,笑得很自然。电话铃声没有搅了她的兴致。

朱莉 您好?

露西尔 (画外音)我是露西尔。朱莉,请你帮个忙。你打个车过来,我会给你钱。

朱莉 现在?已经夜里十点了。

露西尔 （画外音）就现在。你二十五分钟内赶到。很重要。

朱莉 我办不到。

露西尔 （画外音）求你了。我从没求过你什么。拜托，来吧。

朱莉 在哪儿？

露西尔 （画外音）弗罗绍街七号。皮加尔广场往下的一条小街。左手边第三个门洞，进来右边第一扇门，有一个门铃，你按一下，说是找我的。你会来吧？

朱莉想了一会儿才回答。

65.

外景。皮加尔广场附近。夜晚。

朱莉从皮加尔广场快步走过来。路上人很多。她挤过人群，数着门洞。她走进左手边第三个门洞，看了眼手表。门廊里脏得可怕，散发着臭味。她按下门铃，又看看表。

男人的声音 （对讲机声，画外音）找谁？

朱莉 我找露西尔。

啪的一声，锁开了。

66.

内景。卡巴莱表演现场。夜晚。

朱莉摔上门。朱莉摸黑往里走,透过两翼,我们看到一个转动的小舞台,台上有两个全裸的女孩在用塑料的男性生殖器做表演。朱莉瞅了一眼,不是露西尔。场子里更多人在穿梭,其中有一个只穿短裤的男生。她看到一张放咖啡机的小桌旁坐着露西尔,半裸,背对她。她走过去。露西尔正把头枕在一只手上,另一只手里端着一杯威士忌。她的眼圈红红的,用一块大手帕擦鼻子。

露西尔 你来了……

朱莉 是的。

露西尔 我很抱歉。

她又把脸埋到手里。朱莉在她对面坐下。

露西尔 抱歉。

她伸手拿来一只干净杯子,倒了点威士忌,递给朱莉。露西尔的肩膀又开始颤抖,随即又从脸上扯开手帕,笑起来。她有点醉了。

露西尔 你没生气吧,没有吧?

朱莉摇头。露西尔向她举杯,两人各自喝了一小口。穿短裤的男生过来,站在露西尔身边。

男生 我们还有五分钟就要上了,来搭把手。

露西尔把手放上他的裆部,身子仍朝着朱莉。

露西尔　我在化妆间脱掉衣服,来这里喝一杯。就这么偶然瞟一眼观众席,看到坐在前排正中间的是我父亲。

男生让露西尔停下手上的动作。

男生　谢了。

男生走开,露西尔不歇气地往下说。

露西尔　他累了,老在打盹,可还是一直盯台上姑娘的屁股。就是那个蠢货……

她示意舞台前站着的一个大块头。

露西尔　婊子养的……他说他不在乎,付钱就有权看。可谁在意我呢?我很绝望,就给你打了电话……

朱莉　他遇到什么事了?

露西尔　十分钟前,他看看手表走了。我想起来……回他蒙彼利埃家的末班车是十一点一刻。

她脸上灿烂了一下下,带点孩子气。

朱莉　你为什么做这个,露西尔?

露西尔　因为我喜欢。

朱莉也笑了一下下。露西尔的语气听着很真诚。

露西尔　我认为每个人都打心底里喜欢这个行当。朱莉……你救了我的命。

朱莉 我什么也没做。

露西尔 你来了。我叫你来你就来了。这等于救了我的命。

朱莉 不是的。我没有……

露西尔 朱莉……

露西尔正瞥向旁边的方向,有什么东西吸引了她的注意。

露西尔 那不是你吗?

朱莉转过头。观众席上方能看到一排窗,是音控室。坐在里面的那人显然厌倦了台上每天一成不变的表演,正在看电视。朱莉看到电视画面上,就是刚才露西尔看到的——是朱莉的一张照片。她站在某个南欧国家的海滩上,搂着丈夫帕特里斯。

朱莉 是我……

镜头缓慢推到帕特里斯的脸上。朱莉一边盯着电视,一边起身走近,几乎走到了舞台前。她完全没在意台上的露西尔,她和那个穿短裤的男生已经登台表演。音控室的玻璃和扩音器里的音乐让朱莉无法听见电视里的声音。

节目里出现了高德瑞女士,那个在医院里跟朱莉说过话的女记者。她在采访奥利维耶。奥利维耶在给她展示大张的乐谱,特写镜头里是蓝色记号笔做的修订,电视镜头在上面停留了一会儿。奥利维耶冷静地用手指着一个个音符，然后在蓝色标记上轻点。对话中插入帕特里斯在不同场合的照片：在书桌前创作；在大笑，手里端着玻璃杯；身穿晚礼服去听歌剧或交响乐，身边是朱莉；在管弦乐团排练现场；接受某项国家荣誉。还有一些帕特里斯和朱莉的私人照片。通常奥利维耶都和他们站在一起。还有两张朱莉在医院露台上的照片，拍摄角度都是背面，披着毯子，胳膊下面挟着一本书。接着是三四张明显是连拍的照片，在屏幕上一闪而过，是帕特里斯和一个年轻的金发女郎。

朱莉的表情说明，她从没见过这部分照片。

镜头又转回演播室，奥利维耶展示更多的乐谱，给记者讲解着什么。记者一脸信服地转向镜头，对观众说，明显在说结束语，字幕出现在广角镜头拍摄的演播室画面上。

朱莉转过身。旁边恰好站着那个大块头，在看露西尔和男生的表演——男生的短裤已经脱下——显然很津津有味。

朱莉 抱歉……这里有电话吗？

大块头朝身后指指。门口有一张小桌，上面放着一台电话。朱莉快步过去。她把包里的东西全抖出来，飞快地翻她的电话本——可所有页面都是空白的。她奋力合上电话本，拿起听筒拨查号台。她不耐烦地等着，用她的新电话本拍打桌子的边缘。终于有个女孩接了。

麻烦帮我查一下高德瑞女士的电话。

女孩 （画外音）请稍等。

朱莉围着电话来回踱步，电话线被抻到了极限。她丝毫没理会台上露西尔的表演。

女孩 （画外音）高德瑞女士的名是？

朱莉 我想是安奈特……或者阿格妮丝。不对，是安奈特。

女孩 （画外音）地址呢？

朱莉 我不知道。

女孩 （画外音）我查到一位安奈特·高德瑞女士，不过她的号码是保密的。

朱莉 我是她妹妹，从火车站打来。我刚到这里，忘了带电话本，她应该来接我的，可她不在这里……

接电话的女孩打断她。

女孩 （画外音）这个号码是保密的，我无权告诉您。

朱莉 您能打电话给她，让她打给我吗？

她端起话机，看上面的号码。

朱莉 我的号码是4834……

那个女孩又打断她。

女孩 （画外音）没有哪个车站的公共电话是以48开头的。

女孩挂断了电话。

朱莉 对哦。

她端着话机愣了一会儿，然后轻轻放回去。露西尔已经依偎着那个男生从台上下来。她温柔地摸他的脸，男孩吻她的头发。露西尔随他摆布，一边冲朱莉笑。

露西尔 天啊，刚才太棒了，朱莉。今天真的很棒……

朱莉 你知道？

露西尔 什么？

朱莉 这个节目要播。你是因为这个才叫我过来的吧？

露西尔平静地看着她。还在笑。

朱莉 你知道？

露西尔还在笑，摇着头。她不知道。

67.

外景。抄谱员公寓楼外的街道。夜晚。

一辆出租车停在抄谱员的公寓前。朱莉下车，没有付钱，让司机等着。她站到大门前，一边轻声咒骂。

  朱莉 见鬼……

她不知道大门密码，锁显然换过了。她听到楼梯上传来脚步声，然后门开了。一只大狗钻出来，身后跟着几乎拽不住它的主人。朱莉候着他们，在门关上前轻巧地溜进门里。

68.
内景。抄谱员的公寓。夜晚。

抄谱员显然已经上床，而且不是一个人——抄谱员的男朋友正透过卧室门窥探，对访客很好奇。朱莉的神色让他尴尬地退回去。可年轻人兴致很高，很快又探出头来。

  朱莉 我很抱歉。

抄谱员笑了。她去翻乐谱堆，又去翻抽屉。

  抄谱员 您一点儿没打扰我。我放哪儿去了呢？是一张浅绿色的名片。

  朱莉 （很突然地）您晚上看电视了吗？

男孩大笑，抄谱员也笑了。她的睡袍虚掩，露出一边可爱又可观的胸脯。

  抄谱员 没有，怎么可能。啊，在这里……

她总算从一堆杂乱中找到了那张浅绿色的名片。她把名片递给朱莉。

抄谱员 她家里电话，还有她的工作号码。

朱莉想抄下号码，抄谱员摆摆手；她不再需要这张卡片。她向朱莉走近。

抄谱员 您为什么要她的联系方式？

朱莉 今晚，电视上……

朱莉顿了顿。抄谱员有点不安地看她。

抄谱员 今晚电视上放了她的节目，出示了我从您这里拿走的乐谱。

抄谱员垂下眼帘。

抄谱员 那场车祸后……一切都不确定……我抄了一份副本。我知道您会毁掉乐谱，所以留了一份，寄给了斯特拉斯堡……

朱莉 为了什么呢？

抄谱员 这首曲子太美。您不能毁掉这么好的东西。

朱莉让人意外地轻轻抚摸她的肩膀。抄谱员抬起眼帘，见朱莉的情绪好转。

抄谱员 您说过我们不会再见面……

朱莉 没错。

抄谱员不易察觉地动一下头，示意她男友的方向，低声问道。

抄谱员 您喜欢他吗？

朱莉认真地看看他。男朋友看上去很亲切，明显比抄谱员年轻。

朱莉 是的。

抄谱员声音更低了。

抄谱员 我爱他。

69.

外景。抄谱员公寓楼外的街道。夜晚。

朱莉从大门里跑出来，钻进等在那里的出租车。

70.

内景。朱莉的公寓。夜晚。

朱莉手里拿着那张浅绿色名片，迅速拨号。电话刚接通，就传出记者的声音。

记者 （画外音）您好，这里是42230779，我不在家，请在提示音后留言，我会尽快回复您。

一记短促的电子音。朱莉正要挂电话，最后一刻又将听筒拿回耳边。

朱莉 我是朱莉，帕特里斯的妻子。希望您还记得我。请您……

记者本人接起了电话。

记者 （画外音）喂……

答录机关掉的声音。

朱莉 喂。

记者 （画外音）我来了，刚才没接电话。是您吗，朱莉？

朱莉 是我。

记者 （画外音）您看到节目了吗？

朱莉 是的。

记者 （画外音）您喜欢吗？

朱莉 我什么都没听见，只看到画面……

记者 （画外音）您的电视机出问题了？

朱莉 我没有电视。我看到……算了。您能告诉我节目里都说了些什么吗？什么内容？

记者 （画外音）一档您不愿意参与的，关于帕特里斯的节目。还有那首不存在的协奏曲。

朱莉 那乐谱呢？您从哪里弄来的乐谱？

记者 （画外音）奥利维耶。他会完成这首协奏曲。他带着乐谱、照片和材料来的演播室……

朱莉沉默，没应声。

记者 （画外音）您还在吗？

朱莉 是的，我在听。

记者 （画外音）目前的反馈都很好。等您的电视机修好，我会给您寄一份录像。

朱莉 谢谢。

电话那头传来纸张的沙沙声。

记者 （画外音）我刚拿来笔。我还没有您的地址。

朱莉 谢了。我不需要录像。晚安。

记者 （画外音）随您吧。晚安。

朱莉挂上电话，又拿起，用尽全力摔出去。

71.

外景。巴黎郊区。白天。

朱莉常去的咖啡馆，她在朝侍者走过去。

自从遇见奥利维耶后，她再没来过这里，所以侍者比往常更热情地招呼她。朱莉直奔主题。

朱莉 上次跟我喝咖啡的那个男人又来过吗？有没有？您记得吗？

侍者点点头，他记得。

侍者 是的，他又来过，三天前，坐了大约一个小时。他在等您。

朱莉 如果今天他来……告诉他我来找过他。

72.

外景。奥利维耶公寓附近的街区。白天。

朱莉出地铁口,步子匆忙而坚定。她穿过广场,对上街道名,一边加快脚步,一边瞟着逐渐变小的门牌号,沿人行道往前走。这条街的弧度像一道宽宽的新月。朱莉发现了什么,停下脚步。奥利维耶正从新月型大街远处的一幢房子里走出,没看到朱莉。他走到自己的汽车那里,拿掉雨刮器上的树叶和塑料袋,丢到地上。站在街沿的朱莉把手举到嘴边。

朱莉　奥利维耶!奥利维耶!

奥利维耶没听见,四周交通太嘈杂;一辆消防车正呼啸而过。朱莉朝奥利维耶奔过去,距离大概有一百米。奥利维耶坐进车子,用力关上车门。他系上安全带,发动引擎,慢慢倒车,从拥挤的车位里移出。朱莉还剩二十米,她跑得更快,边跑边喊。

朱莉　奥利维耶!

奥利维耶当然听不见,车窗是关着的。恰好有辆车挡住他的行车路线,他不得不停下。在他重新启动车子时,朱莉赶上了。她累坏了,用尽全力敲打车后窗和后备厢。奥利维耶听到响动,猛踩刹车。朱莉撞趴在后备厢盖上。奥利维耶下车,扶起她。朱莉站直身子,看起来没事,只是跑得上气不接下气。

奥利维耶　抱歉，我没看到您……

朱莉　您不应该这样。

奥利维耶　我没看到您，光顾着开车了……

朱莉立刻打断他。

朱莉　我不是说车，我在说协奏曲，您说您来完成帕特里斯的协奏曲。

奥利维耶　我觉得我可以试试……您想找个安静的地方谈谈吗？

朱莉　我希望您放弃。它不会一样的……

她扭过头，掩饰自己的泪水。奥利维耶递给她一块手帕，朱莉无助地接过来擦眼睛。

奥利维耶　我来告诉您，我为什么答应试试。因为我只是答应试试，不知道自己能不能完成。这是唯一的方式……一种方式……让您想要些什么，或者不想要什么。随便什么，能让您跑起来，让您哭，让您追我的车。

朱莉把手帕从眼睛上拿开，愤怒地看着奥利维耶。

朱莉　这不公平。

奥利维耶　是的，不公平。可是您没给我别的选择。

朱莉缓缓点头；奥利维耶说得没错。

奥利维耶　您想看看我写的部分吗？我已经动

手了。

朱莉 好的。

73.

内景。奥利维耶的公寓。白天。

奥利维耶在弹钢琴。朱莉站着，倚在琴身上，闭着眼睛。她的手指抚摸着带有彩色记号的乐谱副本，她已经毁掉过一次了。蓝色记号笔做的标记和原版的一样——鲜亮，清晰。奥利维耶弹了有二三十秒，曲子听着很不错。弹完，他询问地看朱莉。她的眼睛睁开了，很难说她是否专注在这段音乐上。

朱莉 您仔细读过了？

她指着钢琴上展开的帕特里斯乐谱副本。

奥利维耶 几十遍了。

朱莉 我来告诉您藏在这份谱子里的想法。它是超大规模的，前所未有的。你站在星形广场上，面前是一支千人乐队和合唱团，还有七面足足有五层楼高的巨型电视屏幕。每面屏幕上都有一千名乐手：在柏林，伦敦，布鲁塞尔，罗马或者马德里……

奥利维耶 我知道。帕特里斯跟我提过几次。

朱莉 您知道吗……这种音乐的音乐会，必须在高出地面几英寸的地方进行。或者更高。你想想：

一万两千名乐手在等候您的指令,四周人山人海。您挥下指挥棒,各地的音乐会同时响起……

奥利维耶　雅典式合唱。

朱莉　是的……

奥利维耶　您知道合唱团会唱什么吗?

朱莉笑了,惊讶于奥利维耶的不知情。她扫一眼房间,朝蔚为可观的藏书架走去。

朱莉　我以为他什么都告诉您了。

她在最底下一层找出一本深色封皮的精装书,翻找到想要的那一页,放到奥利维耶面前。

朱莉　希腊文,节奏会有点不同,肯定不同。

奥利维耶读了几行,静静地弹起琴。他渐渐兴奋起来,反复弹数遍,口里呢喃着听不懂的歌词。他被这个发现震撼了,抬眼看朱莉。朱莉的眼睛在看他,脸上的表情却表明她没在看,在走神。

奥利维耶　朱莉……

朱莉回过神。

朱莉　那个女孩是谁?

奥利维耶　谁?

朱莉　电视上那张照片里的女孩。她跟帕特里斯在一起。

奥利维耶转过身,对这个问题有点措手不及。朱莉从她站的地方走过来，绕过钢琴，俯身直对着奥利维耶。

朱莉　我会查出来的，不会很难。

奥利维耶　您不知道？

朱莉　不知道。

奥利维耶从钢琴前站起，走到窗前站定。

奥利维耶　所有人都知道……

朱莉走向他。

朱莉　直接告诉我吧。他们曾经在一起？

奥利维耶　是的。

朱莉　什么时候开始的？

奥利维耶　有几年了。

朱莉对电视上闪过的那几秒帕特里斯和金发女郎合影的猜测被证实了。

朱莉　她是谁？她住在哪里？

奥利维耶沉默，但心里知道他不可能不回答。

奥利维耶　蒙巴纳斯的某个地方。他们经常在法院见面。她是律师，或者为律师工作。您想做什么？

朱莉笑了，她想笑得自然些，却不怎么成功。

朱莉　见见她。

74.

外景。司法官的正门口。白天。

朱莉跑上司法官前宽大的台阶。她跑到顶端停住,往下看。人来人往。她逐个仔细打量上上下下的面孔。为了看清楚,她不停地变换位置。最终她放弃了,走进司法官。

75.

内景。司法官。白天。

朱莉穿过司法官宏伟的大厅,一边像刚才在台阶上那样观察周围的人。这是她第一次来这里。她看到一个通往酒吧的箭头,便走过去。

朱莉进酒吧,走向吧台女招待,一路唐突地审视桌边客人的面孔。

朱莉　一盒万宝路,谢谢。

女招待退到吧台后面不见了,朱莉又开始审视客人们的面孔。她从女招待手里接下烟,看也没看,把找零都留给了她。

朱莉点起一支烟,站在两条宽走廊的交汇处,熟练又享受地吞吐。两条走廊都各自有几十扇通往不同庭审室的门,这是一个绝佳的观察点。她假装找烟缸,同时瞅向两条走廊。有一刻,她被一个年轻男子吸引了注意，他裤腿有点长，正沿着走廊焦灼地寻找，那副明显迷路的样子让朱莉乐不可支。他是卡罗尔——《三色：白》的主角，在走廊里跑远了。过一会儿，朱莉瞥见小走廊尽头有个金发女郎的身影，便迅速跟了过去。她转过拐角，看到桑德里娜和一个穿长袍的律师坐在一张窗边长椅上。律师很老了，神情肃穆。他们在跟一个年轻女子交谈，显然是他们的客户。她是多米尼克——《三色：白》里的另一个角色。桑德里娜背对朱莉坐着，看不真切，但朱莉很确定就是她要找的女人。三人站起来，走进旁边的庭审室。朱莉等了等，走到那扇门前。她从诉讼表上找到当事人和律师的名字，看到了桑德里娜的名字。朱莉平静地打开门，走进去。

76.

内景。法庭。白天。

朱莉坐到后排长椅上，盯着桑德里娜。卡罗尔正在向法庭陈词，明显很紧张，嗓音虚高。

卡罗尔 （波兰语）公平在哪里？因为我不会说法语，法庭就不愿意听我的陈词吗？

翻译员将这句话语调机械地翻成法语，法官则在仔细审视卡罗尔。不过，我们只是看到庭审的零星片段，来自朱莉的视角。镜头主要在观察桑德里娜，她在做笔记，跟监督律师简短交流几句。朱莉离开了。
（注：司法官的场景描绘很细节化。这是基于《三色：白》中角色和情景表现的需要——实拍镜头将会是简短、精确、富有韵律的。）

77.
外景。巴黎街道。白天。
朱莉在十几步开外，跟着桑德里娜、监督律师和他们的两个熟人。她注意到桑德里娜的步子有点沉重。他们走进法院附近的一家餐馆。朱莉跟了上去。

78.
内景。餐馆。白天。
餐馆每天这个时段总是很拥挤。朱莉找位子坐下，距离桑德里娜有几张桌子；她又点上一支烟。桑德里娜可能听老律师讲了什么笑话，大声笑起来。朱莉不屑地扮个鬼脸。桑德里娜还在笑，挤过人群，去洗手间。朱莉不假思索地站起身，跟上去。

79.
内景。餐馆洗手间内。白天。

洗手间很宽敞。朱莉在一面镜子前等着,嘴里叼着烟。桑德里娜从一个隔间出来,此时朱莉才发现桑德里娜已是妊娠后期。桑德里娜在水龙头下冲手,甩甩手,没用烘干机,去开门。

朱莉 打扰一下。

桑德里娜站住,一脸惊讶。

桑德里娜 什么事?

朱莉直视桑德里娜的眼睛,手指在颤抖。桑德里娜仍一脸惊讶,朝她走近几步。

桑德里娜 您是……

朱莉 您就是我丈夫的那个情妇吧?

桑德里娜仔细瞅,认出来了。她笑了。

桑德里娜 是的。

这句回得如此自然,两人间的紧张感瞬间消失。

朱莉 我不知道。我才发现……

桑德里娜 这太糟了。现在您会恨他,也会恨我。

朱莉 我不知道……

桑德里娜 是的,您会的。

朱莉瞄向桑德里娜隆起的腹部。桑德里娜察觉到她的目光,把手搁到肚子上。

朱莉 是他的……?

桑德里娜 是的。可他不知道。我是在车祸后发现的……我不想要孩子，可就是怀上了。现在我想生下来。

这时一个中年女人走进洗手间。朱莉和桑德里娜没再说话，站在那里不动。她们听到隔间里传来衣服的窸窣声。桑德里娜了然地冲朱莉笑，朱莉也忍不住笑了。女人冲过马桶，从隔间出来，微笑着洗手，用烘干机烘手，出去了。

桑德里娜 您有烟吗？

朱莉拿出烟盒，给了桑德里娜一支。冲着她的肚子点下头。

朱莉 这是不是不太好……？

桑德里娜温柔地笑了，点燃烟。

桑德里娜 您想知道他什么时候，在哪里跟我睡觉吗？多久一次？

朱莉 不用……

桑德里娜 您想知道他爱我吗？

朱莉 是的，这就是我想问您的。不过现在不必了，我知道他爱您。

桑德里娜 是的。他爱我。

朱莉朝门口走去。桑德里娜叫住她。

桑德里娜 朱莉……

朱莉看向她。

桑德里娜 现在您还恨我吗？

朱莉下意识地动下头，走出洗手间，重重地关上门。

80.

内景/外景。地铁站。白天。

一张地铁票被塞进检票机，又被退出来。朱莉的手拿过那张票。

低机位拍摄的站台上的人群。几秒钟左右，一辆地铁轰鸣着朝镜头飞速驶来，"碾过"镜头，车厢紧接着碾过去。列车停下，一会儿又开走了。

车厢很拥挤。镜头扫过几张脸，朱莉随后出现在画面里，她挤在乘客中间，站着。列车从地下钻出。繁忙的一座城，光线亮得不大自然。朱莉的脸沐浴在这光线里。

81.

外景/内景。养老院。傍晚。

朱莉穿过养老院的大门，就是之前她来过的那个地方。她沿着大楼，走到花园边上的那扇窗户。她把脸压在玻璃上。房间里是她母亲，坐在舒适的扶手椅上，在专注地看电视。屏幕立在母亲的正前方，从朱莉的视角看过去严重偏斜。电视里在介绍曼哈顿的著名景点，朱莉瞄一眼就知道。两幢摩天大楼楼顶之间，连着一根绳子。一个男子踩上这根距离街面几十层楼高的绳子，平衡着身体，一步一步往前挪。朱莉的母亲万分紧张地冲着电视，身体前倾。朱莉的眼里闪着泪光，看了母亲一会儿，从窗口走开。她穿过大门，消失在林荫小道里，天色渐暗。

82.

内景。奥利维耶的公寓。夜晚。

一片漆黑。前门铃响。又响——这次响了很久。门开了。四边形的光亮中，我们看见朱莉站在奥利维耶的门厅里。

奥利维耶 请进，请……

朱莉站在门口没有动。

奥利维耶 发生什么事了？

朱莉摇摇头，仍旧没动。

奥利维耶 您见到她了？

朱莉 是的。

奥利维耶等着，以为朱莉会讲讲这次会面。朱莉也在等，无疑想就她的这次发现，从奥利维耶那里得到些说法，可他已经知道很久了。两人谁都没提。

朱莉　您有什么进展？那首曲子。

奥利维耶　是的。

朱莉　能给我听听吗？

奥利维耶　好的……

朱莉进屋扔下外套，径直走向钢琴。房间里一片杂乱，乐谱、草稿、咖啡、香烟。奥利维耶做个手势，像是要给她拿点喝的，朱莉摇摇头。

朱莉　曾经有一次……您要我收下帕特里斯的文件夹。

奥利维耶　您不愿意。

朱莉　是的，我不愿意。如果我收了……那些照片也在里面？

奥利维耶点头。

朱莉　如果我收了，就知道了。如果我收下来看也不看烧掉，就永远不会知道。

奥利维耶　说得没错。

朱莉蓦然一笑，点上一支烟。

朱莉　也许那样更好。现在您能弹给我听吗？您写的那段？

奥利维耶坐到钢琴前，按下最初的几个音。朱莉俯身去看琴谱架上的乐谱，奥利维耶把乐谱递给她。

奥利维耶　我都记住了。

朱莉 没错，您总是什么都能记住。

朱莉看着一行行乐谱，写得密密麻麻。我们听到几小节序曲和朱莉的提问。

朱莉 （画外音）那些是低音提琴？

奥利维耶 （画外音）中音提琴。

朱莉 （画外音）请再弹一遍？从头开始……

奥利维耶（配乐起）停下。我们看到朱莉的手指回到第一行。中音提琴起，朱莉的手指随着音乐在五线谱上移动。这个镜头持续——照我们说应该——七秒。

奥利维耶 （画外音）现在……

这时朱莉的手指来到所有音符开始的地方。整支管弦乐队齐奏，（配乐）发出巨响，听起来不错，很有力——尤其是当我们持续看到画面上展示的五线谱行进细节时。音乐如此持续几十秒左右。到某一时刻——观众开始理解这首曲子是以这样的方式展现给他们的——镜头从五线谱上移开，朱莉和奥利维耶重又回到画面。

朱莉 （打断演奏）等等……

奥利维耶的手指离开键盘的一刻，宏大的管弦乐齐奏也随之骤停。

朱莉 我们试试轻一点的怎样？不要打击乐……

奥利维耶敲击琴键，乐队（配乐）开始演奏——但这一次听起来更简单、明澈，没有听到之前隆隆的铜管乐。两人仔细听。

朱莉　去掉小号？

小号从音乐中消失（配乐）。

朱莉　不，留下一个。

一支小号加入管弦乐队。

朱莉　小提琴安静了一点，再靠近点琴马……

小提琴声变得尖利起来。

朱莉　或者靠近指板。

现在小提琴听起来棒极了，音乐变得更崇高、更纯粹。朱莉在听，在轻柔地挥手，像在指挥。

朱莉　把钢琴换掉。

奥利维耶　换成什么？

朱莉在想，在听。

朱莉　长笛。从A开始。

音乐渐轻，朱莉的手指往回移几小节，又再往前一点。这次长笛成了主导乐器，就像他们之前在咖啡馆里一起听过的那支长笛，长笛手就是这样演奏的。现在，他加入了管弦乐队的合奏，听起来令人不安，但优美极了。

朱莉　好了，现在……暂停。

音乐静默。

朱莉 啊……您能听到吗？静默。

朱莉做一个手势，管弦乐队继起，持续十几秒，直到奥利维耶中断演奏。

奥利维耶 我就写了这么多。

朱莉 尾声呢？

奥利维耶 我不知道。

朱莉 还有一页的……

奥利维耶在那堆蓝色记号的乐谱里翻找，它们应该在那里。当然没有。朱莉意识到它不会在那里，抄谱员没拿到过那页纸，更不可能抄下来。她阻止了奥利维耶的翻找。

朱莉 它不在那里。在我手上。我忘了。

她把那张折过两次的纸从手提包里取出，展开，铺平。

朱莉 这是一段对位的复调，应该在尾声部出现。

奥利维耶看看乐谱，笑了。

奥利维耶 范·登·布登梅尔？

朱莉 您知道他有多爱他。不只因为他的音乐，还有他悲剧的一生，以及他对悲剧的预见。他想让人们在曲子结束时想起他，说这是一个纪念。试着把它编进去吧。

奥利维耶抬起眼，要把那张纸递还她。朱莉笑了，摇头。那张纸还在奥利维耶手里。

奥利维耶　谢谢。

朱莉严肃起来。

朱莉　您跟我们的律师还有联系吗？

奥利维耶　时不时吧……

朱莉　您知道他是不是把房子卖了？

奥利维耶　我不知道。我想还没有。他会电话告诉我的。

朱莉　告诉他别卖了。

奥利维耶　好的……

他好奇地看她。朱莉挥挥手。

朱莉　这不重要。如果您全部处理完这些……

她说的是帕特里斯和奥利维耶的乐谱，还有奥利维耶仍拿在手里的那页谱子。

朱莉　您会给我看的吧？

奥利维耶　当然，我会给您看的。

朱莉　我想在安静的地方看。在家里。你知道我住哪儿。顶楼。

奥利维耶　我会拿过去的。

83.

外景。朱莉的房子。白天。

朱莉在她的房子前。她很久没来这里，审视着房子，显然在等人。园丁打开底楼的百叶窗。一辆小汽车在敞开的大门外迟疑地停下。车里的人似乎确认了门牌号，或者看到了朱莉，车转过来，缓缓驶入大门，在她身前停下。桑德里娜从车里下来。她们互致问候。

朱莉 您来过这里吗？

桑德里娜 从来没有。

朱莉点头，她也这么想。园丁陆续打开二楼的百叶窗，窗户逐个亮起来。

桑德里娜 我以为您不想再见我……

朱莉 可我想见您。我要给您看点东西。

她们朝房子走去，在台阶上遇到刚走出来的园丁。

园丁 这里原先有一张床垫……

朱莉 没错。

园丁 现在没了。奥利维耶来把它买走了，我以为您不会需要了。

朱莉微笑着接受了这个消息。

朱莉 这很好。

84.

内景。朱莉的房子。白天。

朱莉带着桑德里娜参观整幢空屋，参观所有的房间、客厅、用人房。

朱莉 这是起居室。这是厨房和食物储藏室。浴室。通往二楼的楼梯。上面有三间卧室，和一个书房。楼上靠花园的那头是客房。

桑德里娜完全不明白朱莉的意图，兴致盎然地参观着朱莉带她参观的一切。她们在二楼的窗前停下俯瞰——景色宜人，绿树成荫，远方的城市。朱莉平静地问道。

朱莉 男孩还是女孩？您知道了吗？

桑德里娜 男孩。

朱莉 您取好名字了吗？

桑德里娜 是的。

两人沉默一阵。桑德里娜对眼下的局面有点不自在，疑惑地看着朱莉。

朱莉 我想他应该继承他的名字。还有他的房子。就这里。

朱莉做个手势，她说完了。桑德里娜微笑，看着朱莉。朱莉不明白这笑的意味，惊讶地看着她。桑德里娜大笑起来。

桑德里娜 我就知道。

朱莉 什么？

桑德里娜 帕特里克经常对我说起您……

朱莉 （生硬地）什么？

桑德里娜 说您人很好……说您太好了，心地善良……您就想成为那样的人。别人总能指望您，即便是我……

她注意到朱莉在冷眼看她。桑德里娜想拥抱她，又中途停下。她没有将目光从朱莉身上移开。

桑德里娜 我很抱歉。

85.

内景。朱莉的公寓。夜晚。

朱莉的脸。她很专注，同时又有点兴奋。她靠在一张大桌上，抬起头，闭上眼睛，咬着嘴唇，好像在努力想象或抓住什么。她的嘴唇在颤抖。如此持续一阵，她又趴到桌上。镜头从她的肩头看过去，桌上摊着十来页乐谱。朱莉手里拿着一支粗毡尖笔，小心翼翼地一步一步做她的蓝色标记。有时她划掉乐器过多的段落，有时加上几个音符，有时改换乐器，或者更改将来演奏时的乐器规模。这一切都在寂静中发生，只听到纸张的沙沙声，以及笔尖扰人的刮擦声。朱莉已经来到乐曲的尾声。现在它看起来就像是帕特里斯的作品，我们之前已经听到过多次——只是这份乐谱上可能有更多蓝色的标记、乐句和注解。朱莉伸手去提电话，这次她凭记忆就拨出一个号码，电话里传来奥利维耶的声音。

朱莉　是我。我写完了。您可以明天早上来取。或者今天，如果您不累的话。

86.

镜头切换到奥利维耶的公寓。夜晚。

奥利维耶　我不累。但我不会去取乐谱的。

朱莉　（画外音）什么？

奥利维耶　我不会去取的。我整个星期都在想这事，这首曲子是我的，它或许听起来有点沉重和笨拙，但是我的。它也可以是您的，我们需要分清楚这点。

朱莉没说话，被这个说法震住了。

奥利维耶　您在听吗？

87.

内景。朱莉的公寓。夜晚。

朱莉　没错。您说得对。

朱莉没道晚安就把电话挂了。她从桌前猛地站起，走到房间那头。她又回来了，从包里掏出一盒万宝路，点上一支，没等点燃又摁灭在烟缸里。她去厨房的架子上找东西，找出一个花瓶。她给花瓶灌上水，放到桌上。门厅里放着玻璃纸包着的蓝色的花。朱莉拆开包装纸，把花插进水里。她对自己刚完成的动作淡淡一笑，又去拿电话。她重拨了刚才那个号码，奥利维耶接了。朱莉单刀直入，没有了之前的严厉和生硬。

朱莉 奥利维耶，还是我。我想问您……您真的睡在那张床垫上吗……？

奥利维耶 （画外音）是的。

朱莉 您从没跟我说起。

奥利维耶 （画外音）没有……

朱莉 您还爱我吗？

奥利维耶 （画外音）是的。

朱莉 您一个人吗？

奥利维耶 （画外音）当然一个人。

朱莉 我过来。

她放回听筒。她穿上外套，围好围巾，走到桌前，把躺在那里的乐谱收起。她用手指点下第一个音符。我们在这一刻听到了音乐。是帕特里斯创作的那部分协奏曲。朱莉用手指带着我们，来到合唱团的起句。

合唱团（画外音，希腊语）

> 我若能说万人的方言，
>
> 并天使的话语，

却没有爱，

我就成了鸣的锣，

响的钹一般。

(《圣经·新约·哥林多前书》第十三章第一节。)

朱莉把乐谱挟在臂下，关上灯，全黑。

88.

内景。奥利维耶的公寓。清晨。

天还没亮。响起下一段唱词。

合唱团（画外音）

我若有

先知讲道之能，

也明白各样的奥秘，

各样的知识。

而且又全备的信，叫我能够移山，

却没有爱，

我就算不得什么。

唱词极缓慢地轻下来；画面开始感知到清晨的第一缕光线。

合唱团（画外音）

爱是恒久忍耐，

又有恩慈；爱是不嫉妒。

爱是不自夸。不张狂。

凡事包容。凡事相信。凡事盼望，凡事忍耐。

爱是永不止息。闲置讲道之能，

终必归于无有。

说方言之能，终必停止，

知识也终必归于无有。

如今常存的有信，有望，有爱，

这三样，

其中最大的是爱。

我们认出——或者更确切地说，我们感觉得出身处何处——奥利维耶的公寓里。乐谱，漫不经心地扔在钢琴上和地板上。家具和物体的轮廓逐渐清晰。音乐——没有合唱——辉煌优美。我们体会到了朱莉此前的描述——它飘荡在高出地面几英寸的地方。镜头缓慢推进，穿过公寓里不失朦胧的物件，找到了床上的朱莉和奥利维耶。两人的身体和面容在破晓的晨光里几难分辨。朱莉睁开眼，一如影片开头那样，看着奥利维耶。过了一会儿，她意识到自己身在哪里，也意识到昨晚肯定发生过的事，眉头微微蹙起。镜头开始回退……渐暗。

叠化：

89.

内景。安托万的公寓。清晨。

叠化后的镜头延续着前一幕的运动轨迹,音乐在继续。我们听到刺耳的闹铃声,镜头捕捉到清晨起床的安托万。他仍半梦半醒,坐在床上,脖子上挂着朱莉送给他的十字架金项链。他摸了摸十字架,坐在那里,好像沉浸在音乐中。镜头移动,缓缓离开了安托万。

叠化:

90.

内景。养老院。白天。

叠化后的镜头推进到扶手椅里的朱莉母亲,她果然还在看电视。音乐在继续。朱莉的母亲闭上眼睛,镜头停留了很长时间,可她再没睁开眼睛。镜头继续追踪。

叠化:

91.

内景。卡巴莱歌舞表演现场。夜晚。

叠化后的镜头推到露西尔身上,她在台上候场。她转过头去。镜头绕过她,发现她在看前面的某个地方,看向远方。音乐在继续。镜头继续追踪,我们离开了露西尔。

叠化:

92.
内景。桑德里娜的公寓。夜晚。

叠化后的镜头缓慢推进到一个女人光裸的腹部,明显处于妊娠末期。桑德里娜用手抚着肚子,感受着胎动。镜头从腹部离开,经过一本书,移到桑德里娜的脸上。她在微笑。我们从她脸上经过。

叠化:

93.
内景。奥利维耶的公寓。清晨。

叠化后,又是清晨。镜头再次穿过奥利维耶公寓里的家具,来到床边,奥利维耶睡得很安详。他一个人,睡梦中稍稍动了一下。镜头从他身上离开,缓慢移动,速度始终不变,像一个序列。家具,地板,我们在往一个确定的方向移动。朱莉称之为纪念的主题音乐响起,节奏比原来慢,关于爱的欢乐的赞美诗——按照帕特里斯的说法,它会是欧洲和整个世界的救赎——变得严肃、深沉起来,预示着黑暗、危险的某种东西。在窗口，我们发现了朱莉，她的脸埋在双手里，泪水一滴一滴地从指间溢出。朱莉在无助地哭泣。

淡出。
片尾音乐起，出字幕。

● ● ●　　　三色　　白

1.

外景。巴黎街道。白天。

直到第28场,本片故事都发生在法国。

市中心百货商店的周围人声鼎沸。商贩的叫卖,刺耳的街头手风琴,孩子的哭闹,汇成可怕的噪音,地狱一般。镜头从稍高的位置,俯视这片人脸组成的汪洋,慢慢捕捉到卡罗尔。他走近来,将镜头当成镜子,伸长了脖子,审察一番自己的打扮。他个子不高,裤腿偏长,外套皱巴巴的。他挑剔地打量自己,决定改善一下形象,穿过人流往百货商店门口走去。镜头重又移向熙攘的人群。

以此为背景:出片头字幕。

镜头缓慢俯拍搜寻。卡罗尔从百货商店里出来了,手里多了一个小购物袋。他抽出一条领带,再次走近镜头,将镜头当镜子试着打领带,却打出一个笨拙的结。卡罗尔把领带从脖子上扯下重打,这次的效果好多了。卡罗尔拿出一把梳子梳头,动作自信又欢快。他不需要拿出那面通常背面贴有明星照的小圆镜,尽管它和梳子放在同一个口袋里。他对效果很满意,冲自己扮个鬼脸:万事皆顺。

2.

外景。司法官正门前。白天。

面对司法官森严的建筑和宏伟的台阶,卡罗尔踌躇一阵才拾级而上,并尽力不惊到台阶上的鸽子。一只鸽子拍拍翅膀飞起。卡罗尔微笑着目送它。当鸽子从他头顶掠过时,他的情绪也随之飞扬,又很快被拍落。轻轻的一声"噗",他的肩头出现了一摊白色污渍。卡罗尔拿出一块干净手帕擦了擦,没管擦没擦干净,便走进了司法官雄伟的大门。

3.

内景。司法官。白天。

卡罗尔在走廊里逡巡,逐个研究门口的诉讼时间表,明显迷失了。他看看手表,抓紧找。他从朱莉(《三色:蓝》女主角)身边走过——他不认识,只当她是走廊里的普通人。他拐了个弯，突然看见了坐在窗边的多米尼克。她在跟一位穿长袍的体面律师交谈，见习律师桑德里娜（《三色：蓝》里的角色）也在场。多米尼克注意到了卡罗尔。卡罗尔努力挤出一个笑容，询问地用手指了指某间庭审室。多米尼克郑重地点点头，是的，就是那里。卡罗尔热切地看着她；多米尼克则只是调侃地笑笑，手贴着头发做出一个奇怪的手势——意思像要剪掉头发。卡罗尔突然拉长脸，蹲着身子往厕所冲去，恰好与朱莉错身而过，后者正沿着走廊走过来。

4.
内景。厕所。白天。
卡罗尔趴在马桶上呕吐不止，像要把胃都吐出来似的。他跪在地上，脑袋顶着水箱，脸色惨白，拼命喘气。他冲掉马桶。
他从水龙头下接了几口水，用手指擦洗一下牙齿。又照照镜子，用梳子整理头发，重新收拾好自己。没办法，他必须证明自己能够应付眼前的困局。

5.
内景。法庭。白天。

庭审中。宽敞的庭审室里气氛肃穆,人头济济,卡罗尔则显得有点势单力薄。法官明显累了,听烦了,打断了正在陈词的多米尼克。

法官 您能说出离婚的确切理由吗?

多米尼克 确切的?

法官 是的,确切的。

多米尼克瞟了一眼卡罗尔,叹口气。她垂下眼帘,犹豫一会儿,又看向法官,说。

多米尼克 我们的婚姻有名无实。

法官皱眉;这案子看来没法简单了结。卡罗尔的目光始终没离开多米尼克。

6.
闪回——内景。美发比赛的大厅内。夜晚。

透过飞舞的剪刀、梳子和吹风机,镜头捕捉到多米尼克的脸,从众多参加发型比赛的女孩中脱颖而出。很明显这是一个主观镜头。多米尼克察觉到了卡罗尔的(镜头的)目光,转过头来直视镜头,笑了,还微微歪下头。

7.
内景。法庭。白天。

法官的声音将卡罗尔从白日梦中唤醒。

法官 您的姓名？

卡罗尔起立。译员毫不费力地将问题译成波兰语。

卡罗尔 卡罗尔·卡罗尔。

法官 抱歉，再说一遍？

卡罗尔 我的姓和名是一样的。

法官翻阅手里的卷宗，点头，果真。

法官 的确。国籍？

卡罗尔 我刚放弃波兰国籍，正试着……申请法国国籍。

译员将回答译成法语，身子一动不动，整场法庭戏都保持着这个姿势。

法官 您的职业？

卡罗尔 专业理发师。我有国际证书……得过很多奖……

卡罗尔从口袋里抽出几份证书，无疑想证明自己的成就。法官阻止了他。

法官 您太太的证词属实吗？

卡罗尔深吸一口气，吐出，将那几份文件收好，又把目光投向多米尼克，后者仍垂脸坐在那里。卡罗尔收回了目光。

卡罗尔 某种程度上说是这样。不过以前，在波兰，我们刚遇到时，还有，刚来这里的时候……我想我能满足我太太。只是从那以后……

法官 我只想确认事实。您太太说得属实吗？你们的婚姻是否已经有名无实？

卡罗尔看向多米尼克，后者的目光也对上了他的。

卡罗尔 不。

法官 什么时候停止性爱的？

卡罗尔 性爱……我们结婚后没做过爱。因为……我做不到。不过这是暂时的。

法官 什么时候结的婚？

卡罗尔的目光没有离开过多米尼克。

卡罗尔 半年前。

8.

闪回——内景。机场。白天。

多米尼克的脸紧贴在机场的大玻璃上，正对着镜头。她认出了卡罗尔，欣喜若狂，用手指了指会合地点。镜头朝多米尼克指的方向，穿过人流，欢快地推过去，很快多米尼克张开着双臂跑进镜头，灵巧地越过其他接机人。镜头略往后拉，镜头里的多米尼克已经贴到卡罗尔身前，卡罗尔一把抱住她，丢下手里的背包和行李箱。

9.

内景。法庭。白天。

身后的开门声打断了卡罗尔的思绪。朱莉走了进来,在旁听席的后排坐下。卡罗尔整理着思路。

卡罗尔 我想解释一下。工作可能是一个原因。我在这里每天工作十二个小时,有时更久。这在波兰是闻所未闻的。可能是过度劳累,休息几天就……

法官点点头,表示同意这个诊断,再次示意卡罗尔坐下。卡罗尔的每句话都要经过逐字翻译,这显然让法官很不耐烦。卡罗尔先是顺从地坐下,又很快举起手,表示还有话说。法官用拳头砸桌子,卡罗尔并没因此噤声,反而跳起来大喊。

卡罗尔 公平在哪里?只是因为我不会说法语,法庭就不愿意听我的陈词吗?

法官听完这句抗辩的翻译,开始认真打量起卡罗尔。

法官 您想要什么?

卡罗尔 我要发言。我要求给我一次机会。

法官 关于这案子?

卡罗尔 是的。

法官无精打采地同意了。朱莉悄悄走出了庭审室。

卡罗尔 我需要时间,法官大人。我想挽救我们的婚姻。我不相信彼此的感情消失。可我需要时间,有天晚上我都准备好了……

他被自己的话打动了,或者说被那晚的记忆所打动,声音颤抖起来。法官注意到他的情绪,没有打断他,等他继续。卡罗尔却说不下去了。法官放缓语气问道。

法官 那晚你们圆房了吗?

卡罗尔 没有。

法官 那这跟本案有什么关系呢?

卡罗尔 没有。

法官 很不幸,没有。您开始谈论感受了。本庭理解您的感受。那么您呢,女士?

多米尼克没想到会再被提问,有点不知所措地起身。

多米尼克 抱歉,您说什么?

法官 您爱您丈夫吗?

多米尼克没有马上回答。

多米尼克 (轻声)我爱过……

卡罗尔看着她,表情更热切也更不安起来。

法官 那现在呢?

多米尼克 不。不爱了。

卡罗尔跌坐下去,手捂着头,无声嘟囔。

卡罗尔 哦,天啊……

10.

闪回——内景/外景。教堂。白天。

幽黯的教堂内景,画面正中是大门打开后透进来的小光斑。镜头(卡罗尔的主观镜头)朝光斑推进,每推进一步,光斑就会变大一圈,镜头前不时飘过多米尼克的婚纱。镜头一路推出大门,滑进日光,一把把米同时从天而降,洒在镜头上。多米尼克的脸庞从右侧入画,贴上来亲吻卡罗尔,画面变模糊。

11.

内景。法庭。白天。

卡罗尔的脸还埋在手里,指间微张。透过手指的缝隙,他看到多米尼克从长凳上站起。她放下交叠的两腿那刻,吊袜带一闪而过,露出一抹大腿。卡罗尔再次闭上眼睛,双手狠命压在自己脸上。

12.

外景。司法官正门外。白天。

卡罗尔在司法官门前被阳光刺了下眼,走下长长的台阶。他又恼又恨,在台阶上绊了一下,好不容易才稳住重心。台阶下到一半时,他注意到有一辆车停在下面,排气管放出大量尾气。卡罗尔一愣,条件反射般想逃，随即又继续下台阶。这是一辆白色的波罗乃兹（波兰中产阶级开的车），华沙牌照。多米尼克下车，从后备厢拖出一个巨大的行李箱，分量看着不重。她把箱子往车旁一放，不等卡罗尔过来便坐回到车里。

多米尼克　到此结束吧。

卡罗尔一路盯住多米尼克，拼命跑过去。多米尼克只是挥挥手便开动了汽车。卡罗尔此时才意识到他们真的分手了。他抓起巨大的行李箱，在波罗乃兹后面追赶。

卡罗尔　（大叫）多米尼克！多米尼克！

波罗乃兹驶远了。卡罗尔追出一段追不动了，也意识到追赶的徒劳。他蹲在地上，头趴在行李箱上掩饰着泪水。他站起身，茫然不知所之，提着那个巨大的行李箱闷头走上马路，全不理会差点撞上他的汽车的喇叭声。

13.

外景。银行门前。傍晚。

一年里的这个时节，天总是黑得很早。卡罗尔拖着行李箱，在一家大银行门前停下。这是一条相对安静的街道。此时的他跟之前在大庭审室里看到时一样渺小。银行大门不远处有一台自动取款机。卡罗尔将行李箱立在人行道上，从夹克衬里的深处找出信用卡。他从裤子后袋里掏出一张用过的地铁票，上面记着他的密码。他对自己默念几遍四位数密码，敬畏地将卡插进取款机，战战兢兢。他用手指轻轻按下密码，伸着手指等待。机器嗡嗡响了一阵，屏幕上跳出卡罗尔看不懂的指示，一个金属盖子突然庄严地落下，机器在关闭，既没有吐钱，也没有退卡。卡罗尔惊恐万状，试图在最后关头竭力挽救；他胡乱按着按钮，差点被金属盖子夹住手。卡罗尔猛抽出手，狠狠砸了机器一拳。依然毫无反应。一名银行职员出现在门口，卡罗尔冷静下来，向银行职员示意取款机吞了他的卡。银行职员笑了。

银行职员　请到里面来，请进。

卡罗尔拖着行李箱进银行。

14.

内景。银行。傍晚。

取款机的所有控制系统都在银行里面。银行职员打开盖子，找出卡罗尔的信用卡，读卡上的名字。

银行职员　卡罗尔·卡罗尔？

卡罗尔急急点头。银行职员却没有把卡还给他。

银行职员　您的账号被冻结了。

卡罗尔拼命想听懂这句法语，至少有一个重点听懂了，难以置信地重复了一遍。

卡罗尔　冻结了……

银行职员　是的，冻结了。您的卡失效了。

银行职员发现卡罗尔的法语不太好，特意在空中比划了一个"X"的手势——失效，没用了。卡罗尔伸手去抓卡。

卡罗尔　我的卡。我的钱。

银行职员又重复一遍"X"的手势，然后拿出一把大剪刀，剪掉了那张失效卡。听着塑料被剪碎时发出的令人不快的声音，卡罗尔打了个冷颤，颤抖传遍了整个背部。银行职员将剪掉的卡丢进垃圾桶，朝卡罗尔微笑，后者没有动弹，彻底石化。

银行职员　打起精神来！

15.

外景。银行门前。夜晚。

卡罗尔坐在行李箱上一动不动，身后是已经关门的银行。他注意到一个衣冠楚楚的老头从街对面走过，手里拿着一个大瓶子，朝一个绿色的玻璃回收箱走去。他踮起脚跟，想把瓶子塞进回收箱的橡皮开口。

他太老了，背驼得厉害，够不到那个投入口。他笨拙地蹦了一下，没用。卡罗尔怅然若失地笑了，老人的挣扎显然让他很共情。瓶子被塞进去一半，老头走了。卡罗尔重新打起精神，开始整理自己的随身物品。他从口袋里找到几枚硬币，有点诧异——硬币掏完，口袋里还有东西在叮当作响。他把手探得更深，胳膊肘都几乎没入了口袋，抽出一个彩色塑料圈，上面挂着两把小钥匙。意外之喜。卡罗尔立刻兴奋起来。

16.

外景。多米尼克的美发沙龙门前。白天。
一条繁华的街道。白色波罗乃兹灵巧地停入一个小空位。下来的是多米尼克，她从手提包里取出钥匙，走到一扇金属卷帘门前，却惊讶地发现挂锁不在平时的位置。她毫不费力地将卷帘拉起，用第二把钥匙开门进屋。

17.

内景。多米尼克的美发沙龙。白天。
多米尼克习惯性地拉开百叶窗，转身却愣住了。两张美发椅被拼在一起，卡罗尔睡在上面，身上盖着一件罩衫。他醒了，被明亮的日光刺了下眼；他伸个懒腰，看到了多米尼克。他笑了，多米尼克没有动。卡罗尔举起挂在塑料圈上的钥匙，挑逗地抖动两下。多米尼克拿起电话。

卡罗尔　不要。

他伸出手，将钥匙朝多米尼克递过去。她放下电话，慢慢走近卡罗尔，想接过钥匙，卡罗尔却突然一把拽住她手，把她拉向自己。多米尼克挣扎，卡罗尔一边用力拽住她，一边用另一只手掀起罩衫，将多米尼克的手按到自己的裆部。多米尼克愣住了。卡罗尔放松手上的力道，慢慢放开她的手。多米尼克静止一会儿，吃惊地看着卡罗尔，慢慢抚弄起手下的那块地方。卡罗尔承受着她的爱抚，闭上眼睛。多米尼克摆弄着他的裆部——镜头并不确切拍摄多米尼克的动作，而更关注她的感受——蹬掉鞋子，脱去内裤和短裙，身上只剩下勉强能挡住关键部位的长衬衣，坐到卡罗尔身上。她低下头，抵住他的头。卡罗尔抚摸她的头发，灵巧、熟练地编成两股辫子——从多米尼克的反应来看，这是他们惯常的前戏。多米尼克表现得越来越兴奋。卡罗尔用辫稍抚弄她的耳朵、鼻子和嘴唇，两人的喘息声越来越粗重。多米尼克松开衬衣，放出胸部，稍稍抬起身体，突然又僵住了。卡罗尔睁开眼，恢复了常态。多米尼克猛地打散自己的头发，低头看着身下，不悦地笑了。

多米尼克　就这样？

卡罗尔的眼神流露出小心和恳求。

卡罗尔　我很抱歉……跟我去波兰吧。

多米尼克撑在他的上方，一脸愤怒。

多米尼克　我哪儿也不会跟你去。我要赢下所有官司，离婚，财产分割，一切。你会带着行李和证书离开，哪怕你是带着钱和车来的。因为你什么都不明白，也什么都不想明白，这就是原因。

卡罗尔　我明白……

多米尼克　（大喊）你不明白！你也从来不想明白！我说我爱你，你不明白。我说我恨你，你还是不明白！你甚至不明白我想跟你睡觉！我需要你，你连这都看不出来！你明白吗？不！现在你怕我了，不是吗？你怕我吗？

卡罗尔　我不知道……

多米尼克　你不知道……你怕我是因为你弄不明白！原因就在这儿！现在，你看着。

她跳起身。卡罗尔仍缩在椅子里，手掩在解开的裤裆上。多米尼克从包里抓出一个打火机。

多米尼克　好好看着！

她走到窗边，点燃了白色半透明的窗帘。火焰迅速蹿起。

多米尼克　你闯进来，放火，现场就是这样……

火苗从窗帘蔓延到厚厚的百叶窗上。

多米尼克　警察马上就来抓你。

多米尼克走到电话机前，拨号码。卡罗尔猛地从坐的地方跳起，拉好拉链，一把抓过自己的行李箱和证书，朝门口跑去。百叶窗也着火了。

多米尼克　钥匙！

卡罗尔转回身，将钥匙丢到窗台上。

18.

外景。巴黎街道。白天。

卡罗尔又跑出几码，停下回头看。他大口喘着粗气，望见呼啸的消防车和警察在美发沙龙门前聚集。人们纷纷围过去。卡罗尔扭回头，不愿再看这一幕。

19.

外景。巴黎街道。夜晚。

卡罗尔拖着沉重的步子，走在灯火通明的巴黎街道上，已经好几天没修边幅。他无视夜晚宾客盈门的餐馆和步履欢快的行人，却被一样东西吸引了。他走向一个橱窗。橱窗里,在闪亮的旧餐柜、桌子和灯具旁边,放着一尊半身女子石膏像,头戴同样材质的花环。女人的脸很年轻,很美,嘴唇纤巧精致,一副往上看的姿态。卡罗尔一动不动,久久凝视着这尊胸像。

20.

内景。地铁站。夜晚。

卡罗尔的胡子更长,脸更憔悴了。他此时坐在一个地铁站里,吹一把梳子,身边放着打开的行李箱,里面有几枚硬币和几个纸卷。夜深了,地铁站里几乎没人。卡罗尔吹得很投入,一首他童年时代的波兰歌曲,很优美。人们从他身边漠然地走过;梳子吹出的声音太轻,很难引起别人的兴趣。有人丢了一枚五法郎硬币到他的箱子里,金属和箱底碰撞的声响让卡罗尔有了反应。他看到一个四十来岁的男人走过时丢下了这枚硬币。卡罗尔伸手拿起五法郎,吹了吹,然后收进自己的口袋。他继续吹。那个男人的名字叫米科瓦伊。他在稍远的地方站定,看着卡罗尔藏好硬币。他朝卡罗尔走过来。说的是波兰语。

米科瓦伊 我能坐下吗?

卡罗尔点头表示同意。米科瓦伊在他身边坐下,把外套垫在下面。卡罗尔吹完曲，拿开梳子，用舌头舔了舔干燥的嘴唇。

卡罗尔　您怎么知道我是波兰人？

米科瓦伊笑了。

米科瓦伊　我知道这曲子……

卡罗尔又将梳子举到唇边，吹了几小节。

卡罗尔　那这首呢？

米科瓦伊　我不喜欢这首。

他上下打量卡罗尔，随口说道。

米科瓦伊　您的拉链开了。

卡罗尔尴尬地拉上拉链，回避着米科瓦伊的目光。

卡罗尔　抱歉……

米科瓦伊打开自己的手提箱，拿出一瓶威士忌。他把酒递给卡罗尔，又朝他伸出手。

米科瓦伊　米科瓦伊。

卡罗尔　卡罗尔。

他们握握手，各自喝了一口。卡罗尔显然很喜欢这款威士忌。

米科瓦伊　你就靠这把梳子过日子？

卡罗尔　我在尝试，日子不好过啊……

米科瓦伊　那是什么？

他冲行李箱里的那堆纸卷挥挥手。卡罗尔拿起纸卷，铺展开。

卡罗尔 证书。我赢过不少比赛……索菲亚，布达佩斯，华沙……过去都裱在玻璃相框里，可那样带起来太沉……

米科瓦伊认真地看看卡罗尔，又扫一眼证书。

米科瓦伊 理发师？

卡罗尔点点头。

米科瓦伊 这工作不坏啊。

卡罗尔表示赞同，米科瓦伊的口气让他有点惊讶。突然他打了个大哈欠。

卡罗尔 老天……你有地方睡吗？那边有个凹间……

米科瓦伊 我有地方睡。

他又将酒瓶递给卡罗尔。两人各自惬意地喝了一口。

米科瓦伊 我可以跟你过去坐一会儿吗？

21.

内景。地铁站台入口处。夜晚。

卡罗尔从地铁站台的闸机下钻过，等着米科瓦伊。米科瓦伊在闸机前停下。

米科瓦伊 等等。我不喜欢这样。

他走到售票口，递过去几枚硬币，地铁职员给了他两张票。米科瓦伊把票塞进闸机,然后和卡罗尔一起——合法地——走上站台。最后一班地铁到站;没人上,也没人下。地铁离去。

22.

内景。地铁站台。夜晚。

米科瓦伊和卡罗尔坐在站台尽头的一个凹间里,那里能稍稍挡掉点气流。地铁站的其他住客已各自安顿停当,准备睡觉。米科瓦伊和卡罗尔轮流倒手着威士忌,半瓶已经空了。他们在聊天——酒精在他们身上开始发挥作用。米科瓦伊从手提箱里拿出一叠纸牌,拆掉塑料包装纸。他相当熟练地洗完牌,递给卡罗尔。

米科瓦伊 抽十二张牌。

卡罗尔从牌堆里抽出十二张。米科瓦伊把牌摊开,又迅速收拢,交还给卡罗尔。

米科瓦伊 梅花3,4,10,皇后。方块国王。红心的牌不错:8,10,J,国王,A。黑桃A和皇后。

卡罗尔对照手里的牌;张张都对,即便米科瓦伊只看了一秒钟。

米科瓦伊 打桥牌最重要的是记忆力。我在一家不错的俱乐部打了好几年,现在打算回家了。你呢?

卡罗尔　我想离开这里……

米科瓦伊　我带你走。明天早上。

卡罗尔摇头，语气很肯定。

卡罗尔　我怀疑。

他看看米科瓦伊的头发，有点太长了。

卡罗尔　你该剪头发了。

米科瓦伊认同地点点头。卡罗尔拿出一直藏在外套口袋里的梳子和一把细长的银色剪刀。他递给米科瓦伊一面小圆镜，让他能看着自己剪；镜子背面印着一个不知名女星的相片。米科瓦伊摸摸剪刀头，两边的刀口都很快。

米科瓦伊　可别剪到我，你喝过酒……

卡罗尔　别担心。

他动手给米科瓦伊剪头发，动作非常娴熟，边剪边说话。

卡罗尔　我的护照丢了，也没钱。警察在找我。要不是因为……我是运气背到底了，还得在这里吹几天梳子，到波兰教堂附近买本假护照，然后再想办法……

米科瓦伊　那帮人是骗子。

卡罗尔　骗子……

米科瓦伊　不靠谱。我给过其中一个人一份很好的差事，结果拿钱跑了。你想接吗？

卡罗尔　好差事？

米科瓦伊　很好的差事，不过不太愉快。

卡罗尔　我只是个理发师。

米科瓦伊　是的。要你杀个人。

卡罗尔手里的剪刀停住了，他用力咽下口水，坐下来。

米科瓦伊　这个人想了结自己，不想活了，想找人协助，也是个波兰人。他给的报酬很高，足够过六个月。

卡罗尔　你不能做吗？

米科瓦伊　我认识他。这事要陌生人来干。

卡罗尔　不……不，不行。这不行……他不能……自己动手吗？

米科瓦伊转过头去。

米科瓦伊　他想，但办不到。他有妻子，有孩子，都爱他。他们会怎么想？如果……是别人杀了他……会正常些……

卡罗尔　天啊……他有妻子有孩子有钱，还想自杀？我该说什么好？

酒精的作用让卡罗尔陷入自怜。他放下剪刀，摇晃米科瓦伊的肩膀。

卡罗尔 我该说什么好？我被太太连人带箱子扔出来的，只好来这里。可我还在爱她！甚至比以前更爱……在她对我做出这些事后，我还爱她！

瓶子里只剩下两口威士忌，米科瓦伊将瓶子递给卡罗尔。他倒举起酒瓶，喝光了剩余的酒。他把瓶子从嘴边拿开，哈哈大笑。

米科瓦伊 她漂亮吗？

卡罗尔 漂亮。我第一次见她是在布达佩斯的比赛上……朋友在给她做造型。她很美，看着我……等等，我带给你看。

卡罗尔跳起来，看下手表。他有点醉了，拽起米科瓦伊，扔下箱子和剪刀，往站台出口跑去。

23.

外景。巴黎街道。夜晚。

卡罗尔和米科瓦伊从地铁口出来。卡罗尔伸手指着某个方向。地铁口对面是一家大型电影院，入口上方挂着几张海报。其中一张巨幅海报是一个笑得很灿烂的女演员。米科瓦伊仔细辨认海报，想弄清卡罗尔手指是的哪张。

米科瓦伊 是她？

卡罗尔点头微笑。

米科瓦伊　米歇尔·菲佛[1]？

卡罗尔这时才意识到米科瓦伊弄错了。他指点米科瓦伊稍稍往右看,一扇公寓楼的窗口。里面亮着灯,感觉很温馨。

卡罗尔　那里……

有个女人的身影在走动,灯灭了。

卡罗尔　她要睡了。

他一边来回踱步一边望着。灯又亮了,他一惊。

米科瓦伊　怎么了？

一个令人不安的影子在窗户下方一角移动。

卡罗尔　有情况。

他回身往地铁跑,米科瓦伊跟了上去。他们跑下台阶,一名地铁职员正在给铁栅栏上锁,他们在最后一刻冲了进去。

24.

内景。地铁站台入口处。夜晚。

卡罗尔跑到一部电话前。他在口袋里摸索,掏出米科瓦伊给他的五法郎。疲惫的地铁职员在售票窗口里盘

---

[1] 米歇尔·菲佛（Michelle Pfeiffer, 1958- ），美国电影女明星、制片人，代表作有《疤面煞星》《危险关系》《一曲相思情未了》《蝙蝠侠归来》《纯真年代》等。

点。米科瓦伊一边望着卡罗尔打电话，一边走过关闭的售票口，从闸机下面钻到站台上。卡罗尔在听电话。一会儿，多米尼克接了，声音有一种奇怪的温柔。

多米尼克　（画外音）喂……

卡罗尔　是我。

多米尼克　（画外音）来得正好，听着。

电话里安静一会儿，然后卡罗尔听到了做爱声，越来越清晰，越来越大声。声音里传来男人粗重的喘息和多米尼克的激情呻吟。电话的小屏幕上，五法郎在迅速缩水。数字越来越小：4.20，3.60，3.20，2.60。

卡罗尔　多米尼克，我爱你！

多米尼克不可能听到他的呼喊，因为她开始疯狂呻吟。卡罗尔愤怒地挂断电话。小屏幕上闪过数字：2.20。可是机器没有退回他的找零。卡罗尔用力按听筒。他看看四周，跑向售票窗口，疲惫的地铁职员还在埋头苦算。这次卡罗尔的法语说得很好。他指着电话机。

卡罗尔　它偷了二法郎！

疲惫的地铁职员抬起头。

卡罗尔　你们的电话！它偷了二法郎。

地铁职员　那又怎样……

卡罗尔　还回来！把偷我的钱还给我！

地铁职员从那堆零钱里找到一枚二法郎的硬币，丢到周转托盘上推过来。卡罗尔一把抓过那二法郎，好像性命都维系在这枚硬币上。

25.

内景。地铁站台。夜晚。

卡罗尔跑到凹间那里。米科瓦伊已经睡着了，头枕着卡罗尔的大行李箱。卡罗尔蹲下来端详他。米科瓦伊的头顶右侧有一只鸽子，卡罗尔盯住它的眼睛。然后他注意到米科瓦伊有一撮头发从旁边戳出来。他找出自己的剪刀，将那撮头发剪掉，接着又剪一下。鸽子被剪刀的声音吓跑了。卡罗尔突然想起什么，笑了。米科瓦伊睁开眼，看到面前近在咫尺的剪刀，吓醒了。

卡罗尔　带我去波兰。我知道怎么搞定。

米科瓦伊　怎么搞定？

卡罗尔没有回答，若有所思。

卡罗尔　你会喜欢这个主意的。把头挪开。

米科瓦伊把头从行李箱上挪开。卡罗尔打开箱子，将证书都倒在地上，自己爬进箱子，蜷成一个新生儿的模样。

卡罗尔　把我盖上。

米科瓦伊盖上箱子,耳朵贴上去,听到箱子里传出轻微的刮擦声。卡罗尔的剪刀尖从箱子一侧戳出——钻了个洞。米科瓦伊听到箱子里传出闷闷的声音。

卡罗尔　(画外音)换气用的。把我提起来。

米科瓦伊抓起把手,只拎起几厘米就放下手来。

米科瓦伊　太沉了,得找辆手推车,机场里有。你能坚持吗?三四个小时?

他打开箱盖,卡罗尔正舒服地躺在里面。

卡罗尔　我能坚持。现在只需要做一件事。

米科瓦伊　什么?

卡罗尔　去偷样东西。

26.

内景。巴黎机场的地下通道。白天。

卡罗尔的行李箱跟着机场传送带往前移动,箱子上绑着一条固定用的皮带。它经过天花板很低的走廊、地下通道,不断变换着方向。最后从高处落到一堆行李上。一名机场工人抓住箱子把手,弯腰用力,箱子死沉死沉,不禁嘟囔一声。

工人　见鬼……

他用膝盖顶住,吃力地把箱子抬到推车上。出于好奇或别的什么原因，他查看了一下把手上的行李牌写的什么。推车从地下冒了出来。

27.
内景。巴黎机场。白天。

推车经过机场的柏油路，穿过一溜推车和汽车，来到飞机的底盘下方。行李箱在转弯时摇摇欲坠，差点掉下来。箱子被放到一条机械运送带上，形象庄严地消失在一架波兰飞机敞开的行李舱里。

28.
内景。华沙机场的到达大厅。白天。

（注：从这一幕开始，影片场景都发生在波兰。）

米科瓦伊紧盯着破旧的行李传送口，行李箱、包裹、绑过绳子的盒子纷纷从里面转出。他拎起一个松垮垮的大包，继续等。乘客们相继拿上自己的行李，往海关走去。米科瓦伊身边的人越来越少。他越来越不安，看着那个不再往外吐行李的传送口。他走到门口，推开一条缝。推车旁边站着一个戴帽子的人，正在擦鼻子。

米科瓦伊 就这些？从巴黎来的？

戴帽子的男人 是啊，怎么啦？

他显然被这句话冒犯到,像是米科瓦伊在暗示他弄丢了什么。米科瓦伊回到大厅里四处找一遍,又盯了一会儿空转的传送带,最后走去一个窗口,里面坐着一个女职员。

米科瓦伊 我的箱子不见了。一个大箱子。巴黎来的航班。

女职员 您的机票,谢谢。

米科瓦伊把机票递给她。职员疑惑地看他。

女职员 箱子里是什么?七十五公斤?

米科瓦伊不自在地调整下姿势,将重心从一只脚换到另一只脚。

米科瓦伊 私人物品……衣服。老实说吧,里面有个人。

女职员 有个什么?

米科瓦伊 一个人。我的朋友。

29.

外景。垃圾场附近。傍晚。

一个超大的垃圾场,里面有看起来像玩具车的巨型垃圾车。成群的乌鸦在头顶盘旋。一辆货车在附近的灌木丛里停下,下来四个男人,其中就有机场里戴帽子的那个,都穿着相似的制服。他们打开货车的后门,扔出两个箱子。然后拽第三个，也是最重的那个。我们知道——这是卡罗尔的大箱子。他们气喘吁吁地把箱子抬到刚扔下来的两个箱子上面。

戴帽子的男人　我们把东西分成五份，我拿两份。

第二个人　为什么？

戴帽子的男人　倒手费。

其余几个点头同意。他们割断皮带，用一根撬棒撬断锁，打开箱盖。里面躺着卡罗尔。他像婴儿一样蜷缩着，弯曲的双腿构成的拱形空间里，放着他在巴黎橱窗里看到的那尊石膏胸像。

戴帽子的男人　该死的……是个人。

卡罗尔抬头发现自己身处险境，惊恐不已，艰难地挣扎出双臂。

戴帽子的男人　真他妈该死！

卡罗尔吓坏了，肌肉紧绷，想从箱子里爬出来。其中一人掀翻箱子，像倒一袋土豆似地把卡罗尔倒了出来。胸像跟着掉出来，滚几下，撞上一块石头，碎成了三块。

第二个人　把他弄过来……

他们把卡罗尔拽起来。一个家伙上来搜身，一把扯下他的手表。

第二个人 俄国货！狗娘养的……

他把表扔到一边，继续搜。没找到钱包。他气坏了，一拳狠狠揍在卡罗尔肚子上。裤子口袋有动静。那家伙伸手进去，掏出那枚二法郎的硬币，得意地向其他几个展示。他低头细看。

戴帽子的男人 两法郎。见鬼。

卡罗尔挣脱而出，从外套胸袋里猛地拽出那把亮晃晃的细长剪刀。他在戴帽子的家伙脸旁挥舞着剪刀。

卡罗尔 还给我。快，还给我！

面对他这副凶相，戴帽子的家伙将手里的硬币递还给他。卡罗尔挥舞着剪刀，拿回了他的两法郎。与此同时，另外三个围上来。尽管卡罗尔试着用剪刀保卫自己，他们还是把他推翻在地，一顿拳打脚踢。他们俯视着卡罗尔，后者气息奄奄地躺在地上。

戴帽子的男人 婊子养的。该死的乞丐。

他又踹了卡罗尔一脚，四个人回到车上，顺便把两个小箱子丢回车里，开走了。卡罗尔抬起头。鼻子在流血，眉骨也破了。呻吟道。

卡罗尔 老天……总算回家了。

30.

外景。华沙街道。夜晚。

在华沙的这片区域，高楼之间还零星散落着几间木屋。卡罗尔忍着身上的疼痛，撑着篱笆，艰难地往其中一间木屋走去，身后拖着那个箱子。他惊讶地发现屋里亮着一个大招牌，"卡罗尔美发沙龙"。他走到亮着灯的窗口，敲了敲。卡罗尔的哥哥尤雷克的脸从里面探出。他看见卡罗尔的样子，好像后者是一个幽灵。

  尤雷克 天啊，卡罗尔……

卡罗尔点头，示意是自己。尤雷克从窗口消失，跑出门外。他架起摇摇欲坠的卡罗尔。

  尤雷克 你从哪儿冒出来的？发生什么了？

卡罗尔抬头看招牌。

  卡罗尔 你给自己整了一块霓虹灯招牌……

  尤雷克 是啊，霓虹灯。这里是欧洲，伙计。

他仔细打量卡罗尔，把他拥进怀里，搂住他。卡罗尔愉快地将自己托付给这个兄弟间的拥抱。

31.

内景。美发沙龙。白天。

尤雷克给一个中年女人洗好头发，在她肩膀上围好毛巾，恰好听到水开了，便走过去。

  尤雷克 请稍等。

他从一个带电热圈的金属杯里倒出一点肉汤到杯子里。女人朝后歪过头来。

中年女人　我听说卡罗尔回来了？

尤雷克　没错。

他端着杯子走出沙龙。

32.

内景。卡罗尔的房间。白天。

尤雷克端着盛肉汤的杯子走进沙龙后屋，窄小的床上凌乱盖着一条羽绒被。尤雷克走过去，掀起被子。卡罗尔蜷缩在床上，膝盖和脸凑得很近。见是尤雷克，他抬起头。

尤雷克　他们要找你……

卡罗尔　再给我几天时间。

尤雷克　这儿有肉汤。

卡罗尔撑起身。尤雷克将冒着热气的杯子送到他唇边。卡罗尔的嘴唇肿了，艰难地喝起汤。

33.

外景。垃圾场附近。白天。

卡罗尔的行动仍有些困难，庞大的垃圾场映衬出他矮小的身形。他用脚在草地里扒拉，俯下身，又站起。

他又走出几步,用脚分开草丛和散落的垃圾,蹲下身,发现一小片白色的碎石膏。

34.
内景。卡罗尔的房间。白天。
卡罗尔小心地往一小片石膏上抹胶水,轻柔地把这块耳朵碎片贴到已经粘到一起的女子胸像上。他用手指按住,让胶水变干。

35.
外景。河边。黄昏。
卡罗尔手指间把玩着那枚二法郎的硬币,在河边散步,呼吸新鲜空气。一边眼睛的淤青还在,一边的眉骨还肿着。他站定,望着河对面的老城。老城靠左一点的位置,是银行和酒店高楼,耸立在夕阳下,沐浴在落晖中。卡罗尔眯起眼睛望着,做出一副下定决心的表情。他猛地将硬币抛向空中,接住,握紧二法郎的拳头举起,跟脸齐平。

36.
内景。美发沙龙。白天。
美发沙龙里,卡罗尔在熟练地给一个中年女人做发型——脸上挨打的痕迹已几近消失。雅德维加显然很满意自己的造型，对着镜子打量自己。她挑逗地说。

雅德维加 别忘了你今天有约会。

卡罗尔看表。

卡罗尔 谢谢您。

他做好头发，脱下围裙，从沙龙走进后屋。后屋里放着些美发用具和一张长沙发，尤雷克坐在里面。见卡罗尔站在那里瞅他，便伸手去取钱包。

尤雷克 今天是发薪日……

他数了几十万兹罗提[1]出来。后面打开的门里，能看到好几个女人在等着做头发。看到卡罗尔摘围裙，哥哥直摇头。

尤雷克 你还有客人等着呢。

卡罗尔 今天不行了，你给她们做吧……

尤雷克 你一回来，她们就不要我做了。

卡罗尔 那就明天，我七点就起床。

尤雷克点点头，表示可以。卡罗尔穿上外套出门了。

37.

外景。万豪酒店附近。白天。

---

[1] 波兰货币名称。

奢华的万豪酒店附近有不少破门面。大多是卖远东来的破烂货，其余是做外汇交易的小店。万豪酒店的剪影雄伟壮观。卡罗尔找到他要找的小店，瞄了一会儿。他从裤袋里掏出那枚二法郎捏了捏——求个好运。然后将硬币放回口袋，走进了那个换外汇的小店。

38.

内景。外汇兑换店。白天。

卡罗尔来到柜台前。女柜员停下手里的字谜游戏，露出一个职业般的微笑。

女柜员 我能为您做什么？

卡罗尔 我想见你们老板……

女柜员 在后头。

女柜员用手一指，继续玩字谜。卡罗尔朝后门走去。女柜员叫住他。

女柜员 您知道密码吗？

卡罗尔 不……

他转回来，朝柜员俯身。她耳语几句，卡罗尔点点头。

女柜员 您还得按住把手往上推。

39.

内景/外景。万豪酒店附近。白天。

卡罗尔绕过外汇兑换店,跳过一个水坑。敲门时,他又看了一眼雄伟的万豪酒店。老板的声音从里面传出。

老板 (画外音)密码?

卡罗尔 我不想。

老板 (画外音)回答?

卡罗尔 可我不得不。

门锁打开的声音。

老板 按住把手往上推。

卡罗尔进屋。架子上堆满波兰币和外币,沉甸甸的纸币被开门的气流掀动起来。老板大喊。

老板 关上那扇该死的门!

卡罗尔迅速关上门。老板在点一沓钱,不时按几下计算器。

老板 什么事?

卡罗尔 我受约来见您,雅德维加跟我说……

老板点点头,没错。

老板 你给她做头发?

卡罗尔 是的。

老板 只做头发?

他被自己的俏皮话逗得哈哈大笑。

老板　好啦。你想要什么？

他一边跟卡罗尔说话，一边动手数另一沓纸币。

卡罗尔　我想干点能搞到钱的差事。照我现在这样，想成功还要好多年。

老板　你说得没错。

他把钱推到一边，在计算器上按下一个数字，又拿来一沓。这是个点钱的老手。卡罗尔自信地开口道。

卡罗尔　我在国外干过银行买卖……我能说点法语……

老板摇头。卡罗尔不太明白他的意思。

老板　我们语言不通也能搞定，要的是信用和专业。我先试用你一下……我听说了你是怎么从巴黎回来的。

卡罗尔没否认。老板第一次正眼打量他。

老板　你看着不是太显眼，这很好。我需要一个保镖。

他把手伸进抽屉，取出一把大枪。他把枪丢给卡罗尔，后者惊恐地堪堪接住。

老板　别紧张，只是把催泪瓦斯枪。你有执照吗？

卡罗尔　我没有。

老板 我会给你弄一个来。现在去外面转转吧。

他觉得事情解决了，又回头去点钱。卡罗尔出去了，这次很注意地快速关上门。来到门外，他不太清楚应该拿这件武器怎么办。他瞄了一下，然后把枪塞进皮带。他往兑换店的反方向走几步，趾高气昂地岔开双腿，站定。

40.

内景。卡罗尔的房间。夜晚。

夜里，卡罗尔在哥哥的沙龙后屋里给自己弄点喝的。他把杯子里的电热圈取出，往沸水里加入一勺茶叶。他用茶匙搅拌一下，让叶子沉到杯底。沙发床已经铺好，床单上躺着那把大枪。屋里亮着一盏小灯。卡罗尔啜饮着茶，闭着眼睛，反复背诵法语单词。他对照课本，尝试用正确的发音复读这些单词，并打开磁带录音机。他起初背得不错，一会儿便跟不上了，不再跟读，磁带里仍在持续列举动词变化。卡罗尔凝望着某个地方。石膏胸像放在一个架子上，已经修好。卡罗尔凝望着它。磁带在重复。卡罗尔起身走近石膏像。突然他靠上去，温柔、长久地亲吻女人的嘴唇。他闭上双眼。

41.

内景。尤雷克家的浴室。白天。

卡罗尔在浴室里,手里拿着一把锋利的剃刀。听到敲门声,他转过头,一边脸刚刮,另一边还涂着肥皂。

卡罗尔 稍等!

敲门在持续,越敲越起劲。卡罗尔打开门,尤雷克站在门口。

卡罗尔 进来吧。

尤雷克 不用。我就是……你在这儿开心吗?

卡罗尔 浴室里?

尤雷克 不是,总体而言。

卡罗尔 是啊,我挺开心的。

尤雷克 你想待就待着吧,不过我们得把事情说清楚。

卡罗尔把另一半脸上的泡沫擦掉。

卡罗尔 我可以付你钱。

尤雷克 不,不是这个意思。我想要你做头发,每周十个女人,说好了。他们想要你做。

卡罗尔 五个。

尤雷克 好吧,七个。

卡罗尔 七个。

尤雷克伸出张开的手,表示一言为定。卡罗尔把剃刀换到左手，右手握了上去。

尤雷克 有人来找过你。四十来岁，人不高，看着挺忧郁……

卡罗尔 米科瓦伊，是他把我从巴黎带回来的。

尤雷克 他很高兴听到你活着。

卡罗尔 他留电话了吗？

尤雷克 没有，什么都没说，托我说一句"你好"就走了。

卡罗尔 "你好"……真可惜啊。

42.

内景。外汇兑换店。白天。

女柜员仔细点足两百美元后，递出一卷波兰纸币。她朝角落里的卡罗尔瞟了一眼，表示"没有问题"。卡罗尔点点头——"随时待命"——走了出去。

43.

外景。万豪酒店附近。白天。

外面很冷。卡罗尔提了下裤子，免得裤脚沾上泥。他巡视四周，注意到一个高个子男人，站在那里一动不动。卡罗尔故作漫不经心地从兑换店门前走过，到墙角处回头窥探。高个子没动窝，显然在监视兑换店。

卡罗尔走到街对面，从一个邮筒后面再瞅。高个子换了位置，点上一支烟，继续密切观察。卡罗尔挺直腰板，摸了摸平常放枪的位置。他走回兑换店，绕到后屋，敲门。老板出来了。

卡罗尔　有人在监视我们。

老板　随他去。

卡罗尔　一个大块头，一直站在那里没动。

老板不情愿地跟着卡罗尔出来。他们绕到那个转角，卡罗尔指指那个高个男子。老板立即背转身，倒抽冷气。

老板　掩护我。掩护我！

卡罗尔勉强执行着命令，他比老板矮太多了。

老板　我们回去。

卡罗尔努力挡住老板，退回到兑换店后面的小屋。他们进了屋。

44.

内景。外汇兑换店。白天。

关上门后，老板看手表。

老板　见鬼。已经三点了。

他迅速做出决定。

老板　赶快去十字路口，路口500码外会开过来一辆蓝色大众车。即便从你身上碾过去,你也要把它拦下。别让它开到这里来,让它去大使咖啡馆。快!

老板把卡罗尔推出去,从办公室的窗户后面看他能否做到。

45.

外景。十字路口。白天。

卡罗尔跑到十字路口,正好看到大众车开过来。他飞奔过去,上气不接下气。他冲过十字路口,大众车刚巧通过一个绿灯。卡罗尔张开双臂径直冲到车前。车在最后一刻刹住,轮胎发出刺耳的摩擦声。车里坐着一个三十来岁的金发女郎,吓得脸色煞白。她喘着气摇下车窗,卡罗尔也吓坏了,朝车门走过去。

卡罗尔 老板让您去大使咖啡馆。

金发女郎开心地笑了,一脸的天真。

金发女郎 大使……知道了。您跟我一起去吗?

卡罗尔 我得回去。

金发女郎 您要搭便车吗?

卡罗尔强烈抗议。

卡罗尔 天啊,别!千万别靠近兑换店!

他看着金发女郎关上车窗,右转开走了。

46.

外景。万豪酒店附近。白天。

卡罗尔被刚才一番折腾累得够呛,踉跄着回到兑换店。高个男子还站在原地。老板则在后门等着。

卡罗尔 搞定了。

老板 好,现在要甩掉他。

卡罗尔 怎么甩?

老板 别让他看见我。你拿钱就是干这个的。

卡罗尔只考虑了一秒钟。

卡罗尔 给我支烟。

老板拿出一包万宝路,递给卡罗尔。

卡罗尔 一支。

他小心地从烟盒里抽出一支,叼在嘴上,朝高个男子走去。

卡罗尔 您有打火机吗?

高个男子必须转过身背对着兑换店,才能给卡罗尔点烟。卡罗尔把点烟过程表现得非常夸张。他用手挡住火苗,朝高个子靠过去,假装第一次没点燃,最后愉快地吸上一口。

卡罗尔 (礼貌地)太感谢了。

他没有移动站位,继续说。

卡罗尔 您在这儿做什么?

高个男子一脸愠怒。

高个男子 这是民主国家,我想站哪儿都可以。

卡罗尔 没错。可我在看守一大笔钱,而您从一大早就在这附近转悠。

高个男子 滚开,小心我勒死你。

他突然将一双大手伸向卡罗尔的脖子。卡罗尔跳到一旁,伸手摸枪。他看到高个子身后,老板已经坐进车子,还往后看了一眼确保没人发现才开走。高个男子直挺挺站着。

高个男子 开枪啊。来啊,开枪!

卡罗尔放弃了拔枪的念头。他吐掉刚点着的烟,摆出一副趾高气昂的样子走开了。走出一段后又停下,他知道这个监视兑换店的男人正一路盯着他。他转过身,再次不慌不忙地过街,重新站到高个男子面前,一言不发。高个男子看着他,不明白他要干什么。他们就那样默默站了一会儿。

高个男子 你要怎样?

卡罗尔 您最好走吧,没必要站在这里了。

他的语气严肃但友好。高个男子注意到了这点。

高个男子 她不会来了?

卡罗尔 不来了。

高个男子 那他呢?他走了?

卡罗尔　是的。

高个男子深深叹口气，背转身去。过了一会儿，卡罗尔轻拍他肩膀。

卡罗尔　抱歉……

高个男子转过身来，一脸受伤的表情。

卡罗尔　别再来了。

高个男子　不来了？

卡罗尔　对。何必知道一切呢？

高个男子点点头，是的。卡罗尔是对的。

47.

内景。卡罗尔的房间。夜晚。

夜里，卡罗尔打开屋里的灯，外套没脱就去床底下拖出那个行李箱。里面有一只纸板箱。纸箱里，几件衬衣下面，有一个鞋盒。卡罗尔打开鞋盒，里面有几叠钞票，他又往里放入一叠。他听到动静，明显有东西砸中了他的窗户。卡罗尔立刻盖上盒子，用身体挡住，扭头看窗外。没再敲了。卡罗尔掩着盒子，把它藏到床底下。他轻轻走到窗前，用手搭起凉棚往外看。很快看到了，是一只鸽子。鸽子已经找回了平衡，舒舒服服地待在屋檐下的窝里。它扑闪着翅膀，小心地坐到两枚小小的鸽子蛋上。卡罗尔看得入迷，像是从没留意过大自然。鸽子舒服地安顿好自己后,注视着卡罗尔。

48.

外景。华沙近郊。白天。

清晨,一辆动力澎湃但并不惹眼的奔驰车沿着北面公路开出了华沙。开车的是兑换店老板,旁边是一个衣冠楚楚但面相粗俗的男人。他们在低声交谈,观众只能断断续续听到他们的对话。

  老板 我们在格但斯克拿到的汇率是三十……在托伦……投资银行……会拿到贷款……

  花花公子 多少?

  老板 两百吧……贷款转走……利率很低……商业银行的……

  花花公子 好主意。

  老板 只有百分之七。但如果我们将利率翻三倍……

  花花公子 你还记得地方吗?

老板说记得。卡罗尔在后排睡着了,胳膊里夹着两只大公文包。汽车驶过乡野、农屋和一排排围栏。花花公子瞟了一眼后排,确认卡罗尔是否睡着,点点头。老板很小心地把车停到路边。

老板 他睡着了？

花花公子示意是的。他们尽可能悄无声息地下车。卡罗尔的一只眼睛短暂睁开了一下。花花公子给老板指出一块地方，河岸斜坡挖出的一片平地，用手泛泛地比划一下。

花花公子 哈特维和宜家要在这里建仓库。还有这里……

他朝几幢大楼点头示意。

花花公子 一群蠢货，啥都不知道。没人知道。我不会透露一个字。百分之三十的利润。

老板点头赞许。

老板 等他们事情敲定，我们再来谈。

花花公子 可以。

他们相互点点头，事情算谈清楚了。他们回到车里。老板愉快地摔上门，冲卡罗尔大喊。

老板 起来！别睡了！有人偷你东西了！

卡罗尔跳起来，伸手去摸那两只公文包。老板笑了，吓唬奏效了。车子启动，开走了。老板和花花公子又突然转回无趣的金融话题。

花花公子 他们都准备好了？

老板 是的……你怎么想？我跟他们做过三年交易了……

卡罗尔偷偷拿出一张纸，瞄一眼路牌，记下了地名——观众尚不清楚他的动机。

49.

内景。兑换店。黄昏。

快歇业的兑换店里空无一人。女柜员已经锁上现金抽屉，在换衣服。卡罗尔出现在门口。他走到柜台窗口，微笑。

卡罗尔　您能帮我换一下吗，埃娃女士？

女柜员也笑了，重新打开抽屉。卡罗尔从外套下面抽出鞋盒，打开。他摆下几沓面额不一但数目可观的的纸币。女柜员瞄一眼，好奇地说。

女柜员　您可攒了不少啊……

卡罗尔略尴尬。

卡罗尔　干活挣的。

他愉快地看着女柜员数他的钱，手法非常专业。

50.

内景。外卖贩酒店[1]。黄昏。

店里在排队。轮到卡罗尔，他把一个崭新的皮质公文

---

[1] 外卖贩酒店是指消费者只能将未开封的酒带走，不在店里喝。

包搁到柜台上。

卡罗尔 一瓶伏特加,谢谢。要最好的。

女售货员递给他一瓶看起来很不错的酒。

卡罗尔 包起来,谢谢。

他小心地把用纸包好的酒瓶放进他的新公文包里。

51.

外景。外卖贩酒店门口。黄昏。

卡罗尔走出店铺,着急过马路。他被汽车喇叭吓了一跳,呆在路中间,一脸惊恐地四下张望。金发女郎坐在停下的蓝色大众车里朝他挥手。卡罗尔朝她走过去。

金发女郎 晚上好,您还记得我吗?

卡罗尔 当然记得。

金发女郎 您做了件好事。

卡罗尔有点莫名。

卡罗尔 什么?

金发女郎 我不知道您跟我丈夫说了些什么……

卡罗尔 也许……

金发女郎 他冷静了一点。

她从车里下来,用力关上门。

卡罗尔 怎么了?

金发女郎　他嫉妒心重……不过现在明白了,我有自己的事情,他必须学会接受。

卡罗尔　我很高兴。

金发女郎　您跟他说什么聪明话了?

卡罗尔　我不记得了。

金发女郎伸过手来道别。卡罗尔不由自主地吻了一下。金发女郎没有放开他的手。

金发女郎　您买了什么?

卡罗尔　波罗乃兹。

金发女郎　您想一起喝一杯吗?我今晚有空……我们还可以一起吃早饭……

卡罗尔紧张地咽口唾沫。

卡罗尔　非常感谢……我赶时间。

金发女郎松开他的手。

金发女郎　您会后悔的。

卡罗尔　不好说。

他穿过大街,朝火车站奔过去。

金发女郎自顾自笑了,望着他远去的矮小身影。

52.

外景。华沙附近。黄昏。

卡罗尔从一户农舍里出来。观众认得这个地方——大楼、围栏、河岸的斜坡。一个农民在给卡罗尔指点着什么，一边比划着方向。卡罗尔提着那个新公文包，走到一户孤零零的农舍前。他敲了敲门。门开了，他竭力堆出一副笑脸。老农狐疑地看着他。

卡罗尔　可以进来吗？我是来谈生意的。

老农上下打量他一番，没有把门完全打开。

老农　政府派来的？

卡罗尔打开他的皮质公文包，拿出那瓶包好的伏特加，拆开包装纸。老农仍一脸疑惑。卡罗尔给他展示皮包里的一摞美金。

卡罗尔　不是，我是来谈生意的。

53.

内景。农舍。夜晚。

老农给两人各倒了半杯伏特加。他们一定已经喝过好几轮，因为他正仔细地将瓶子倒空，一滴不留。桌上摊着一些文件、计划和协议，显然是关于这块地的。他们碰杯，一口喝光了半满的酒。老农拿起一支笔，准备签字。他把笔移到需要他签字的位置，突然坚决地把笔放到一旁，拧上笔套。卡罗尔叹了口气。

老农　您要拿这里做什么？

卡罗尔　我已经跟您说过了。

老农 再跟我说一遍，我想听。

卡罗尔 我要在这里给自己建一个夏日度假屋。一幢小木屋，一小片田，就这些。其他保持原样。您可以照样住在这里，租出去，卖掉，都行。

老农 是啊……

他又扭开笔套，却仍难下决心。卡罗尔焦急地看他。

老农 您说的没错，这地方离镇上不远。那么多人来这儿晃来晃去……可能是什么特别的地方？是什么呢？

卡罗尔 可您想去看儿子……

老农 我是想去。

卡罗尔 您可以去看儿子。买辆车，买个电视……

老农 买这干嘛？我从来不看这个。太蠢了。除非我把钱藏到地里，放在罐子里埋了。我可以那样做，对吧？

卡罗尔 当然。

老农 那倒挺不错。

老农夫突然果断地在协议上签下字。卡罗尔长出一口气，将那叠美金递给老农。

卡罗尔 这里是一千定金。一个月内我会再给您四千，这样买卖就完成了。

老农夫数钱很慢。卡罗尔伸下懒腰。

卡罗尔 我得走了,要赶末班火车。

老农 您打算半夜在这里转悠?您会遭抢的,他们会抢走您的公文包……睡这里吧。

卡罗尔愉快地接受提议。

卡罗尔 这里吗?

老农 就这里,楼上还有间房。

老农把卡罗尔带到阁楼上的小房间,那里有一张舒适的旧床。卡罗尔猛地一下坐到床上,厚厚的羽绒被陷了下去。

老农 这地方已经归您了。

54.

内景/外景。农舍。白天。

卡罗尔清晨醒来,身上只穿着背心。他推开窗户,见老农在屋外仔细数着步子,往地里敲桩子,划出从现在起属于卡罗尔的地盘。这块地不大,100或者200平方码[1]。但卡罗尔,看着桩子被实实地敲进地里,笑得很舒畅。他拿起梳子和小圆镜,梳理自己的头发。这次他把头发全梳上去,像要尝试一个新发型。

---

[1]英制面积单位。1平方码=0.8361平方米。

看上去不错,可卡罗尔又马上换回了原来的发型。他显然心情很好。

55.

内景/外景。万豪酒店附近。黄昏。

卡罗尔按部就班,在兑换店旁边转。店里传出一声吼叫:"抢劫!举起手来!"他一愣,从窗户往里看,有两个顾客正迟疑地举起手。卡罗尔拔出枪,两步跨到门前,一脚踹开门冲进去,对着一个衣冠楚楚的男人喷射瓦斯,那人恰好背对着他。整个过程只有几秒钟。那人被瓦斯吓到了,踉跄几步后蹲下,撑在地上直揉眼睛。老板从帘子后面冲出来。他弯腰查看佝着身子的男人,扶他起来,一边朝卡罗尔大吼。

老板 你疯了吗?你认不出这人你见过?

卡罗尔这才认出花花公子那张粗鄙的脸,此刻淌满眼泪,鼻子红肿。卡罗尔紧张得结巴起来。

卡罗尔 抱歉……要不我……要不我……去叫医生。我去打电话。

老板扶着花花公子穿过窄门,进后屋。他喝止了要去打电话的卡罗尔。

老板 别管了!

卡罗尔想去扶伤员,老板坚决地把花花公子拽开了。

老板 还算走运，这蠢货从后面上来，不然眼睛都烧坏了……

卡罗尔深一脚浅一脚地出了店门，虚弱地靠在兑换店的木板墙上，大口喘气。他能听见花花公子的抱怨和老板的安抚。卡罗尔的耳朵往墙上又凑近些，听见花花公子夹着鼻涕的哭腔，都是给催泪瓦斯整的。

花花公子 （画外音）他们出价比我们高，有个狗娘养的出价比我们高……

老板 （画外音）谁？

花花公子 （画外音）不知道，不过我会查出来的。现在我们唯一的机会就是他不能按时付款……

卡罗尔猛地从木板墙上移开，显然被刚才听到的事情吓到了。他疯狂地思考办法。他有了决定。

56.

外景。电话亭。白天。

卡罗尔在电话亭里翻黄页簿。黄页破破烂烂，还夹着一截香烟屁股，卡罗尔厌恶地把它踩到地上。他翻到要找的那页，手指划过一行行地址，停在他要的位置。这是诺伊西瓦特街上一个机构的地址，卡罗尔背下号码。

57.

外景。诺伊西瓦特街。白天。

卡罗尔沿街寻找，数着逐渐缩小的门牌号。他找到了正确的号码，却没有看到他要找的机构招牌。他往街上退后一步，打量整幢房子。他注意到二楼阳台有两个中年女人在聊天，一副为某事大惊小怪的样子。

卡罗尔　打扰了……

两个女人停下谈话，看过来。

卡罗尔　我在找波兰桥牌协会。

女人　就是这儿。

卡罗尔高兴地朝她们挥手致谢，出于礼貌又问一句。

卡罗尔　我能进去吗？

女人做手势，表示不行。

女人　您要做什么？我们正在选举呢……

卡罗尔　我来找一位了不起的桥牌选手。米科瓦伊。四十来岁，中等身材……

女人打断他。她认识米科瓦伊，看模样不太喜欢他。

女人　米科瓦伊？他不在这里，他从不参加协会的活动。

卡罗尔　您知道哪儿能找到他吗？他的地址或电话号码……

女人　三天后有一场跟德国人的比赛，他会参加。

58.
外景。万豪酒店附近。白天。

卡罗尔决心已定,朝兑换店走去。看见兑换店门前停着那辆蓝色大众,他踌躇了一下。卡罗尔敲后门,听到里面喊:"请进!"

59.
内景。外汇兑换店。白天。

他站在门口,老板、金发女郎和高个男子都在。老板显然刚讲完一个笑话,大家都在笑,高个男子站在稍远的地方。卡罗尔打算退出去。

  卡罗尔 抱歉……

  老板 进来,进来,没关系。

  卡罗尔 要不我晚点来。

  老板 进来吧,需要我做什么?

卡罗尔还是要走。

  金发女郎 您要丢东西了。

  卡罗尔 您说什么?

  金发女郎 您的拉链……

卡罗尔拉起拉链。

卡罗尔 （坚决地）我要辞职，老板。

老板 当然。你已经知道得太多了。

卡罗尔拔出那把大手枪，放到桌上。老板把枪推给高个男子，后者不情愿地拿起。卡罗尔吃惊地看着三人。高个男子垂下目光。

老板 还有持枪证。

卡罗尔掏钱包，又停下。

卡罗尔 （坚决地）持枪证不行。上面有我名字，是我的东西。

60.

内景。体育馆。白天。

大厅中央放着几张铺有绿色粗厚呢的桌子，桥牌选手坐在桌前，观众在四周游走。看台上空空荡荡，座位一直向上延伸到暗处。卡罗尔夹在走动的观众中，仔细辨认牌手。走到最后一张桌子，他才看到米科瓦伊，在打牌。他打得很快，看上去并不十分享受比赛，赢下一墩又一墩[1]，不耐烦地等着对手出牌。某次等着出牌时，他感觉到卡罗尔的目光。他抬起头，眨了下眼睛。卡罗尔笑了。米科瓦伊结束这一

---

[1]桥牌术语，相当于一圈牌。

局，赢下最后一墩，站起身。

米科瓦伊　谢谢。非常感谢。[1]

他走到卡罗尔面前问好，趁比赛间隙将卡罗尔带到一边。

卡罗尔　你打得太漂亮了。

米科瓦伊　跟德国人打很轻松。我一直在找你……

他认真打量他，笑了。

卡罗尔　我也是。

米科瓦伊　你还活着。

卡罗尔　他们把我连箱子一起偷走了。

米科瓦伊　我知道，你哥哥跟我说了。

两人突然没话了。但米科瓦伊感觉得出卡罗尔有话要问，只是不好意思开口。他冲卡罗尔鼓励地笑笑。

米科瓦伊　什么事？

卡罗尔　你当初在地铁里提到过一个人……你还记得吗？

米科瓦伊　记得。

卡罗尔　你跟他还有联系吗？你能打电话给他吗？

米科瓦伊看着卡罗尔，有点吃惊。

---

[1] 原文为德语。

米科瓦伊 是的，我可以……

卡罗尔平静地看着他。

卡罗尔 如果有人需要帮助，他是应该得到帮助的那个，对吧？

米科瓦伊明白卡罗尔的意思了。沉默半刻。

米科瓦伊 不过他已经回华沙了。

卡罗尔失望地点头。

卡罗尔 不需要了……

米科瓦伊的语气没变。

米科瓦伊 恰恰相反。他想。比以前更想。

61.

内景。卡罗尔的房间。夜晚。

美发沙龙的后屋。手指拨弄起一件圆物体，让它在桌上转动。转的圈不大，没有碰到桌上各种法语字典和写满单词的练习册。圆形物的运动慢下来，观众不一会儿便看清——是一枚硬币。它又转了一小圈，倒下。桌前坐着卡罗尔，是他转动的硬币。那枚二法郎硬币就倒在他的手指边。卡罗尔用手掌盖住，然后慢慢移开，看哪面朝上——正面还是反面。是反面。卡罗尔叹口气，起身走到那座女子石膏胸像前。他伸出手指温柔触碰她的鼻根，轻抚着那个部位。

62.

外景。垃圾场附近。黄昏。

垃圾场附近的荒地。这是从另一个方向拍摄的垃圾场和盘旋的黑色鸦群。卡罗尔坐在一辆车的保险杠上,车显然报废已久,锈迹斑斑。周围遍布着灌木丛、汽车部件、旧轮胎,以及一个个泥坑。卡罗尔在等人。天色渐暗。他听到有人走近。他站起身。一个男人从老城方向朝山上走来,越来越近。直到他走到面前时,卡罗尔才认出是米科瓦伊。两人握手。

米科瓦伊 好地方……

卡罗尔 怎么,他改主意了?

米科瓦伊 没有。是我。

卡罗尔 天啊……

米科瓦伊 有区别吗?

卡罗尔 没有……但,是你。

米科瓦伊 那又怎样,我不是人吗?

卡罗尔 你是人。

米科瓦伊 那就行了。信封在我口袋里,你可以完事后自己拿走。就在这里吗?

卡罗尔确认,米科瓦伊不想多说什么,率先朝黑黢黢的灌木丛走去。卡罗尔赶上去,跟他肩并肩。卡罗尔突然停下。米科瓦伊也停下,疑惑地望着卡罗尔。

卡罗尔 问题不是这里或那里……而是为什么？

米科瓦伊 你是对的。不是这里，也不是那里。

他继续往前走。刚走出几步，停在后面的卡罗尔掏出一把枪。

卡罗尔 （悄声地）米科瓦伊。

米科瓦伊转过身，看到卡罗尔手里的枪。卡罗尔慢慢往前走近，手里的枪始终举在米科瓦伊心脏的高度。他在他面前站定，看着他的眼睛。

卡罗尔 你确定？

米科瓦伊闭上眼睛，意思很明白：是的。卡罗尔扣动扳机。枪声很响。米科瓦伊缓缓倒地，倒在卡罗尔的脚边。卡罗尔俯下身，细看他平静的脸庞。过了好一阵，米科瓦伊睁开眼睛，不知身在何处。他看到眼前卡罗尔的脸，感到难以置信。

卡罗尔 刚才是空枪。下一发才是真的。

他给米科瓦伊看看子弹，上膛，发出金属的摩擦声。米科瓦伊没有动。卡罗尔把枪对准他的心脏。

卡罗尔 你确定吗？

这次米科瓦伊没有闭眼。卡罗尔等着他的示意。

卡罗尔 （不耐烦地，更大声地）你确定吗？

一阵漫长、紧张的沉默过后，米科瓦伊回答。

米科瓦伊 不。

他伸出手,卡罗尔把他拉起来。米科瓦伊在微微发抖,卡罗尔撑住他。

米科瓦伊 不再确定了。

卡罗尔 你现在能告诉我原因了吗?

米科瓦伊 我不知道怎么说……我在受苦。

卡罗尔 每个人都在受苦。

米科瓦伊 是的。可我不想再承受那么多了。

他伸手从口袋里拿出信封。

米科瓦伊 约定仍然有效。

卡罗尔迟疑一会儿。

米科瓦伊 你挣到的,真的。

卡罗尔 是我挣到的,不过我只是想借用一下。好吧。

卡罗尔接过信封,收进自己的口袋。他突然感觉一阵虚脱,要不是为了米科瓦伊,他可能已经倒下。两人蹲坐到地上。

卡罗尔 哦,老天……

米科瓦伊 去喝一杯怎样?

卡罗尔扬起眉毛。喝一杯。

63.

外景。河边。黎明。

维斯瓦河的浪头很高，城中心区域却已经冻住，尽管今年还没下过雪。一轮昏黄的冬日升起。华沙老城和文化宫组成的天际线上，一个渔民抄着一根钓竿，放入冰洞里钓鱼。卡罗尔一个冲刺，平衡住身体，在光滑的冰面上滑出很远。在他身后，米科瓦伊喝光了瓶里剩下的威士忌。他显然滑得更好，因为他追上了卡罗尔。他们一同摔倒在冰面上，大笑着躺在那里，看着初升的冬日。

米科瓦伊 老天……我感觉自己又像是个小伙子了。

卡罗尔 我也是。

米科瓦伊 一切皆有可能。

64.

内景。卡罗尔的房间，美发沙龙。白天。

有人一大早砸美发沙龙的门，吵醒了卡罗尔。他从床上爬起，看下闹钟——才早上六点。他嘟囔了一句，睡眼朦胧、瑟瑟发抖地去开门。门外有雪，距离上一场显然已过去蛮久。老板站在门口，还有那个穿着一贯考究的花花公子。他们看起来不怎么友善。卡罗尔只穿着内裤和背心，冻得直发抖——显然不是对手。他们不经邀请就冲进屋，摔上门，将卡罗尔推进理发店。花花公子忧愤交加。

花花公子 你出价比我们高。你买了那块地。

他突然冲过去，揪起卡罗尔的背心肩带，勒他的脖子。老板不想弄脏自己的手——只是走近些。

花花公子 你偷听了，你个杂种。

他手上加力。

卡罗尔 我是偷听了……

花花公子 我要勒死你。

他加力勒紧肩带，显然不是开玩笑。卡罗尔透不过气来，拼命喘息。

卡罗尔 我有遗嘱……确保万无一失……

老板探究地盯住他，用胳膊肘顶一下花花公子，后者的手松开一些。卡罗尔缓过气来，大口呼吸。

卡罗尔 我的遗嘱确保万无一失。

老板 你说"万无一失"是什么意思？

卡罗尔 万一我出事……一切归教会所有。

老板跌坐到一张美发椅上，擦着前额。

老板 天啊，教会。我们完了。

卡罗尔表示赞同。老板冲花花公子挥挥手。

老板 放开他。

花花公子放开卡罗尔，手上像只是轻轻推了一把，卡罗尔却差点撞上铁炉，离炉子只剩几码才停下。

老板　炉子没点，算你运气……

花花公子在他旁边的一张矮脚凳上坐下，嘟囔了几句；卡罗尔听不清他说啥，从炉子下面爬起来。花花公子朝他逼过来，卡罗尔本能地往后退，花花公子却只是拍拍他身上的灰，拖了一把美发椅给他。卡罗尔又冻又怕，瑟瑟发抖。

花花公子　抱歉，我们有点过了。谈谈吧？

卡罗尔没有异议。

花花公子　你会卖掉吗？

卡罗尔　我会的。

老板　很好……

他在严肃思考，突然问。

老板　多少钱？

卡罗尔　我买入价的十倍，五万美元。

老板点头，果然。他的这一举动不只是对交易金额表示肯定，也是为这个世界的可悲和自己的愚蠢。

卡罗尔　抱歉，我要换衣服了。

他走出理发店门厅。尤雷克站在门口，拿着一桶烧火用的煤块和木头。

尤雷克　这是怎么回事？

卡罗尔笑。

卡罗尔　没事。我可以还你钱了。

他走进后屋，穿上裤子，将外套直接套在背心外面，从床下拉出他的行李箱，翻出一张地图。尤雷克从门口探头。

尤雷克 要我生炉子吗？

卡罗尔从他身边走过，手里拿着地图。

卡罗尔 晚点吧……

他回到店里，关上门。他把地图在地板上摊开。地图很长，有几处被黏掉，盖住了路和河之间那条狭长地带，其中的几格区域被用红色毡尖笔划出。卡罗尔向他的客人们指点这些地方。

卡罗尔 你们也许会感兴趣……我在这地方也有一块。这里和这里……还有这里。

老板 见鬼。都在正中间。

卡罗尔 没错。

他指向其中一块标记。

卡罗尔 这地方我无法拒绝，太美了，种满桦树……

老板 所以？

卡罗尔 一样，十倍的价钱。这是一块很好的地。我资料齐全，收据、合同……都有。目前情况就是这样。

他无辜地伸开双臂，强调这一"目前情况"。

老板　这是很大一笔钱。

卡罗尔　你会赚回来的。

老板　成交。

他朝卡罗尔伸手。卡罗尔握住,老板握得很用力,脸凑得卡罗尔很近。

老板　(低声地):你真是个狗娘养的。

卡罗尔看着他的眼睛,语气平静。

卡罗尔　不,我只是需要钱。

尤雷克站在门口,手里拎着桶。

尤雷克　打扰了,还要我生炉子吗?

老板松开卡罗尔的手。

卡罗尔　要的,太冷了。

尤雷克　你能不能……雅德维加问你今天能不能帮她做头发?

卡罗尔　今天?为什么不行?!我有的是时间。

65.

外景。米科瓦伊家门口。白天。

时间还是冬天。这片居民区是清一色的高档预制板住宅[1]。卡罗尔坐在一辆汽车的后排,盯着一条小路

---

[1]用工业化的生产方式来建造住宅,是将住宅的部分或全部构件在工厂预制完成,然后运输到施工现场,将构件通过可靠的连接方式组装而建成的住宅。

口。他西装革履,头发往后梳成一个光滑的背头。面目一新。他看上去暖和又舒适。驾驶座上坐着司机布罗尼克,五十来岁,表情严肃。他转头问卡罗尔。

布罗尼克 要熄火吗,老板?

卡罗尔 不用,暖气开着吧,布罗尼克先生。

他看见米科瓦伊的日系车驶入小区。他稍等一会儿。见米科瓦伊从后备厢拿出几个大袋子,卡罗尔下车,上前问候。看得出来,他们经常碰面,关系融洽。米科瓦伊心情很好,面带微笑。

卡罗尔 购物啊……

米科瓦伊 礼物……你要进来吗?他们见到你会很开兴的。

卡罗尔 不用,我就是来说句话。

米科瓦伊把礼物放到一边。显然卡罗尔要说的是正经事。

米科瓦伊 什么?

卡罗尔 我正在开公司。大买卖。百分之三十的资金来自你给我的那笔钱。

米科瓦伊 你一向有盘算。

卡罗尔 不管你怎么想,你就是我的合伙人。我要拉你一起经营。

米科瓦伊 当真?

卡罗尔 当真。

米科瓦伊望着那辆拉风的沃尔沃，排气管吐出袅袅轻烟。布罗尼克已经下车，在擦尾灯。

米科瓦伊 你的车？

卡罗尔 公司的，业务支出。

米科瓦伊 给我点时间考虑。

卡罗尔 当然。

传来一阵幽幽的铃铛声，卡罗尔转头看去。一辆黑车，缀满花饰，从附近一幢房子的大门里驶出。祭台助手在摇铃铛，车后跟着牧师，还有几个黑衣人。他们登上一辆等候的大巴。卡罗尔目不转睛地望着这短暂一幕。

66.

内景。万豪酒店办公室。白天。

万豪酒店里几间豪华雅致的办公室，门都开着。长相迷人的销售经理正带着卡罗尔和米科瓦伊四下参观。经理热情地介绍着她要推销的东西。她感冒了，优雅地用纸巾擦鼻子。她指出可以望见文化宫和中央车站的大玻璃窗，还告诉他们哪些墙可以移动，家具怎么摆放。地板蹭亮。经理走到一面墙前，墙上有好几个不同尺寸的插座。

经理　电脑和卫星接口。

卡罗尔　传真呢？我们要两台。可以插在哪儿？

经理　这里有三条电话线路。

卡罗尔　哦，接到电话上……

经理　是的。要去我办公室坐坐吗？

卡罗尔　好的，马上就去。我想我们都租下来吧。

他比划着老板办公室，还有秘书的。经理正待离开，被卡罗尔叫住。

卡罗尔　我能要张纸巾吗？就一张……

经理从她的小包纸巾里抽出一张干净的。离开了。卡罗尔从上衣口袋里掏出他的梳子，望着窗外。

卡罗尔　真好啊，华沙就在我们脚下。

米科瓦伊　真好。

卡罗尔将纸巾包到梳子上，吹起地铁里的那首曲子。

卡罗尔　喜欢吗？

米科瓦伊点点头。卡罗尔继续吹。

67.

外景。万豪酒店入口处。黄昏。

外面已经没有积雪。卡罗尔走出气派的酒店大门，来到沃尔沃前。他用力关上门。他打开引擎，正打算掉头，突然有人拉开他的车门。一个神色紧张的年轻人。又上来一个同样神色紧张的年轻人坐到他旁边。

卡罗尔　您好？

两个年轻人呼吸急促。说的是法语。

年轻人之一　您会说法语吗？

卡罗尔用标准的法语答道。

卡罗尔　是的。

年轻人之一　您有没有看到……我们刚才把车停在这里……现在不见了？

卡罗尔　没有，我没看到。

年轻人之二　我们被偷了，还有护照，钱，所有的。

卡罗尔　那可麻烦了。你们从法国过来的？

年轻人之二　瑞士。可是我们要去英国。我们要报警。

卡罗尔　是的。但不会有用。你们应该找大使馆，不过这会儿太晚了。你们得找个地方过夜。

两个年轻人这才意识到严重性。

年轻人之一　我们没有护照，也没钱了。

卡罗尔　看出来了。我不能带你们去家里，因为我也没有自己的地方。不过你们可以到我办公室里对付一晚。就这里。

他指着万豪酒店。

68.

内景。万豪的走廊和办公室。夜晚。

卡罗尔领着失魂落魄的两个瑞士人从大电梯里出来，电梯里的谈话正接近结束。

卡罗尔 你们来波兰做什么？

年轻人之一 看看曾经的共产主义国家的经济状况。

卡罗尔 听着挺有意思。

卡罗尔带他们穿过走廊，打开办公室的门。里面井井有条，品位高雅。电脑，写字台，传真机，电话，扶手椅。卡罗尔把客人们请进老板办公室里，指给他们两张巨大的皮沙发。

卡罗尔 你们可以睡这里。这里很暖和，不过万一……

他从柜子里拿出一条毯子，丢给两个小伙子。

卡罗尔 你们需要发传真的话就发吧，别客气。两台都可以用。

他确认一下两台传真机的"工作"指示灯开着。

卡罗尔 明天早上我会让司机送你们去大使馆。晚安。

69.

内景。仓库。夜晚。

卡罗尔睡在大仓库后端的打包间里。

打包间不大。里面放着床、电话、传真，钉子上挂着卡罗尔的几套西装，架子上放着那个石膏像。卡罗尔从睡梦中突然惊醒，坐在床上一身冷汗。一道古怪的光线照进小窗，照亮了仓库和石膏像。卡罗尔不安地望着这道光。他擦下额头，看表，已经半夜。他拿起电话，凭记忆按下一串号码。一个女人接起电话，语气惊讶。

多米尼克 （画外音）喂？

卡罗尔 多米尼克？

卡罗尔的法语已然很流利。多米尼克不确定是谁打的。

多米尼克 （画外音）是我……

卡罗尔 是我，卡罗尔。我从华沙打给你……

多米尼克没说话。

卡罗尔 从波兰。

多米尼克还是没说话。

卡罗尔 我很抱歉。我只是想听听你的声音。说点什么吧。什么都行……

这时他听到那头挂断的咔嗒声。他拿着听筒在耳旁放了一会儿，直到断断续续的忙音响起，才放下。他从床上下来，打开仓库门。只穿短裤的他样子很滑稽。他走到开关那里，打开仓库里的灯。然后回到打包间，此时胸像已经没入黑暗之中。

70.

内景。仓库。白天。

大仓库里堆满了集装箱，卡罗尔在向手下发号施令，走到哪里都前呼后拥。他指着两个集装箱。

卡罗尔 香蕉？

一名手下确认是。

卡罗尔 罗兹的冷藏品。会有销路的。目前售价还太低。

他在仓库里不停走动，决定着卖掉哪些存货。一个年轻雇员塞给他几份文件，要他签字。

年轻雇员 电子设备，泰国运到俄罗斯的。

卡罗尔扫了眼文件，还给她。

卡罗尔 再等等。专家说那是好东西，我们要在波兰卖。

他们继续往前走。卡罗尔突然停下脚步，留意听。

卡罗尔 有传真进来，亚采克先生。

卡罗尔从口袋里掏出钥匙递给亚采克。亚采克跑到大仓库后端的打包间，传真机在那里。他拿着一卷纸回来了。

亚采克 您秘书发来的。（念道）"董事长先生，瑞士人一切顺利。不过发生了一件不愉快的事，您办公室里的小电脑不见了。亨丽卡。"

卡罗尔从亚采克手里接过传真，快速扫一眼。

卡罗尔 瑞士人干的？我猜不是。他们恨不得砍掉小偷的手。

他从亚采克手里拿回钥匙。

卡罗尔 我要去睡半小时，昨晚睡得太差了。

卡罗尔走到打包间，用钥匙打开门。坐到床上，若有所思。他拿出梳子和镜子，开始梳理头发，整个过程中一直在琢磨那个困扰他的问题。他漫不经心地清理掉梳子上的头发，突然拿起电话。他按下扩音键，还有录音键。一个女人接起电话。

卡罗尔 亨丽卡。司机在吗？

亨丽卡 （画外音）在的，老板。

卡罗尔 让他接电话。

整段对话在打包间里清晰回荡。电话那头，一个男人的脚步朝电话走近，声音一清二楚。他开口了。

司机 （画外音）是我，老板。

卡罗尔 布罗尼克先生，把您的车钥匙拿出来。

传来一阵钥匙碰撞的声响。

卡罗尔　把它交给亨丽卡。

司机　（画外音）我给了。

卡罗尔　现在告诉她，要让我听到：亨丽卡，请到楼下的车库去，打开车子的后备厢，您要是看到什么东西，请拿上来。别挂电话。

我们听到司机照办了，但过程中他的声音明显有异样。我们听到一个女人的脚步声走出了办公室。

卡罗尔　您还在听吗？

司机　（画外音）是的，老板。

卡罗尔　做点什么吧，让我能一直听见您。大口呼吸，或者唱歌。

司机　（画外音）我不会唱歌，老板。除了年轻时学过的……

卡罗尔　唱吧。

司机显然难以启齿。他低声、犹豫地唱起来。

司机　（画外音）"冲向障碍吧，你们是国家的工人，将红色的旗帜高高扬起……"

卡罗尔　这歌不错。

司机　（画外音）啦啦啦啦啦，啦啦啦啦啦……

卡罗尔　您不记得歌词了？

司机　（画外音）不，不记得了。别折磨我了，老板，是我拿的。

卡罗尔　拿了什么？

司机　（画外音）电脑。我以为可以扣到瑞士人头上。

又传来女人的脚步声。亨丽卡从司机手里接过电话。

亨丽卡　（画外音）您脑子真灵，老板。东西在那儿。

卡罗尔　我知道了。

亨丽卡　（画外音）他在哭呢。

卡罗尔　他还能做什么呢？我以为他是个诚实的人。他在公诉人办公室干了那么多年……这世界怎么了，亨丽卡？

亨丽卡　（画外音）是啊。我们要解雇他吗？

卡罗尔　恰恰相反，我们要让他死心塌地。

卡罗尔关掉录音键，结束了通话。他躺到床上，对自己刚才的作为很满意。他久久凝望着石膏胸像。按铃。亚采克出现在门口。

亚采克　什么事，老板？

卡罗尔　给我拿个箱子来，亚采克先生。再拿些胶带。

亚采克　大箱子吗？

卡罗尔　不用，装香蕉的就行。

亚采克走了，卡罗尔望着石膏像，脸上挂着不太愉快的笑。一会儿，亚采克拿着箱子和胶带回来了。卡罗尔指指胸像。

卡罗尔 把它包起来。

亚采克熟练地包好胸像，用胶带把盒子封好。

卡罗尔 藏起来。

亚采克 藏到哪儿？

卡罗尔 我不知道……冰箱里吧。

亚采克出去了，卡罗尔继续躺下，睁着眼睛，表情僵硬。随后闭上眼睛。

71.

内景。公证人办公室。白天。

公证人办公室的家具都破旧不堪。公证人似乎不太擅长打字，勉力对付着快要散架的打字机。卡罗尔在口述，尽量按照公证人的打字节奏。

卡罗尔 一旦我死了……我……死了……我所有的……个人财产……个人财产……和产业……包括全部……全部……

这次公证人的速度比卡罗尔快，提示了下一个词。

公证人 现金。

卡罗尔 我的银行……账户里……的现金……都

留给……

他迟疑一阵，不知道该如何措辞。

卡罗尔 都留给……我的前……前妻……多米尼克。

公证人惊讶地从键盘上抬头看卡罗尔。卡罗尔假装不明白他惊讶何为，解释道。

卡罗尔 多米尼克。结尾的拼法是q、u、e。

卡罗尔拼得很清楚，公证人仔细地逐个打出这几个字母，脸上的疑惑却并未消散。

72.

外景。文化宫正门前。白天。

万豪酒店和文化宫之间有一大片空地。俄罗斯商贩大都在此驻扎，什么都卖。镜头里能看到万豪的雄伟剪影。文化宫的台阶两侧是便于他们利用的围墙——方便人们靠在上面——围住了整座文化宫。卡罗尔就靠在一面墙上。他望着远处出神，没有注意到米科瓦伊过来。米科瓦伊靠上另一侧的墙，可即便离这么近，卡罗尔还是没发现他。米科瓦伊笑了，朝卡罗尔走过来，一直走到他面前很近的地方。他抬手在卡罗尔眼前挥了挥。卡罗尔回过神来。米科瓦伊笑了。

米科瓦伊 你把我拖到这儿来干什么？

卡罗尔　我怕办公室被窃听，那里到处是电子设备……

米科瓦伊　谁会窃听呢？

卡罗尔耸耸肩。

卡罗尔　谁知道呢。我想跟你说点事。

米科瓦伊　说吧。

卡罗尔　如果你在报纸上看到我的讣告，别惊讶。其中一份要由你来签字。

米科瓦伊　好吧。

卡罗尔　我几天前想起的。我突然想起我们当年在垃圾场的那次会面……

米科瓦伊　好吧。

卡罗尔　那还不是全部。我律师那里有我的遗嘱……

卡罗尔拿出一个大钱包，不同的夹层里都放着好几张信用卡。卡罗尔抽出一张写过字的卡片，递给米科瓦伊。能看到上面写着姓名、电话和地址。米科瓦伊扫了一眼，把卡片收起，放进口袋。

卡罗尔　你是我的执行人。

米科瓦伊　你要我把她从法国叫过来？

卡罗尔点点头。

米科瓦伊　她会来吗？

卡罗尔　这是很大一笔钱。她会来的。

他们沉默一会儿。

卡罗尔　你不想知道为什么吗？

米科瓦伊　我想我能明白。你当初也没多问我一句。

卡罗尔用挚友的眼神看着米科瓦伊。

卡罗尔　谢谢。

米科瓦伊　你又需要一本护照了。

卡罗尔　是的。

米科瓦伊　波兰的？

卡罗尔　是，波兰的。不过要找个好名字，布什，比方说。

米科瓦伊　有一个h的？那可价格不菲。

卡罗尔　你可以弄成ch的。我在卡片上写了我的地址。没有电话。需要的话，你叫司机过去。

米科瓦伊　布罗尼克？他那张大嘴可不保险。

卡罗尔　不会了……米科瓦伊？

米科瓦伊转身面对他。这时他们注视着彼此的眼睛。

卡罗尔　你会帮我做这事吧？哪怕你不知道原因，甚至不喜欢那样做？

米科瓦伊　严重犯规？作弊？

卡罗尔　可以这么说吧……

米科瓦伊点头。

卡罗尔 别担心。我不会让你扯上麻烦。

米科瓦伊 （严肃地）我知道。

73.

内景。登记处。白天。

一只女人的手在撕下卡罗尔身份证上的照片。撕纸声并不让人愉快。那只手将照片和身份证塞进碎纸机。刀片转动，身份证和照片变成几串碎纸条，落进了废纸篓。那只手给桌上的一份文件盖好戳，递给布罗尼克。

登记处职员 请节哀。

布罗尼克庄重地点头致谢。离开了。

74.

外景。登记处门前的街道。白天。

布罗尼克走出登记处，坐进车里。他转过头，把刚拿到的文件递给后排的卡罗尔。卡罗尔看了看，给布罗尼克指出文件上的某句。

卡罗尔 你知道下一步该做什么吧？

他用指尖点文件。布罗尼克疑惑地看着他。

布罗尼克 什么？

卡罗尔 我们要找个人来埋了，布罗尼克先生。

布罗尼克 一具死尸？

卡罗尔点点头。布罗尼克用力吞咽一下。

布罗尼克 您不会是想……

他伸出一根手指，在喉咙处做了一个了断的手势。卡罗尔反感地做个鬼脸。

布罗尼克 好吧……那我们去买一具死尸。这年头什么都能买到。

卡罗尔 你这么认为？

布罗尼克 他们什么都倒卖。

他端详卡罗尔。

布罗尼克 要跟您体型差不多的。

他琢磨一会儿，突然有了主意。

布罗尼克 您不介意进口货吧，老板？从东边来的？

卡罗尔 阿拉伯人？

布罗尼克做了一个神秘的手势。

布罗尼克 不是，离我们更近。有个大市场，那里最容易办到。您想象不出那里都发生些啥。

卡罗尔 好主意。

布罗尼克 谢谢，老板。

他看表。

布罗尼克 您在殡仪馆有预约。

卡罗尔点点头。汽车从登记处门前驶过,消失在街道远处。

75.

内景。殡仪馆。白天。

殡仪馆以黑色为主调,点缀以银色的装饰。中年女人态度持重,似乎死让她学会隐忍。

女人 可以请您出示下死亡证明吗?

卡罗尔打开皮包,拿出前一场见过的那份文件。女人在本子上做记录。

女人 我能去复印一份吗?

卡罗尔点头。中年女人站起身,姿态庄重,把文件放到复印机上。她理解失去至亲的感受。

女人 我们来讨论一下葬礼的细节好吗?

卡罗尔摆出一副符合当前气氛的样子。

卡罗尔 不用担心费用。按您的经验来,要体面一些。

女人 我明白。就算这样,有些细节我还是要问一下……我们可以安排波兰车或美国车运送棺材,美国车的价格是一百五十万。

卡罗尔 一个月的工资。没问题,要美国车。

女人 明白了。墓碑上的铭文也要定好。我想是用大理石碑吧？

卡罗尔 是的。越简单越好，"卡罗尔·卡罗尔1957—1992"。

76.

内景。波瓦兹基教堂墓园。白天。

管风琴师在看乐谱，显然是卡罗尔刚交给他的。他把乐谱在键盘上摊开，轻声哼唱几句，转头问卡罗尔。

管风琴师 这曲子真美，不是吗？

卡罗尔 范·登·布登梅尔，荷兰人。

管风琴师轻触琴键，投入地弹起来。乐曲在空旷的教堂里回荡，宏伟而哀伤。卡罗尔听到台阶上的脚步声，转过身去。布罗尼克走进来，微笑着看看四周，手里拿着一份报纸——他翻到讣告页。卡罗尔默念。

卡罗尔 "……一个我们深爱的人。"签名，雇员们。很好……

布罗尼克拿回报纸时咯咯笑了。

布罗尼克 我刚买的。给办公室也打过电话了，亨丽卡女士都哭了。

他笑个不停，好一阵才安静下来，听管风琴。

布罗尼克 音乐很美。

卡罗尔点头。

布罗尼克　我不能等了，老板。我在机场还有个重要约会。

卡罗尔　去吧，布罗尼克。我再听一会儿。

布罗尼克走了，卡罗尔继续听静穆的管风琴。

77.

外景。仓库门前。黄昏。

一辆冷链大货车从大仓库驶出，箱体一侧印着一家东部货运公司极具标识性的字母。

78.

内景。仓库。夜晚。

巨大的仓库里装满了前几场出现过的集装箱，卡罗尔和布罗尼克在弯腰查看什么。卡罗尔皱眉。

布罗尼克　再合适不过了，老板。根本认不出是谁。

卡罗尔　可他碰到什么倒霉事了？

布罗尼克　头被撞烂了，从电车窗口伸出去太多了。

卡罗尔后退两步，想抬起棺材盖。布罗尼克搭了把手。他们把盖子抬到橡木棺材上。

卡罗尔　我来处理吧。

布罗尼克鞠躬离开。卡罗尔独自留在空旷的仓库里。他等了一会儿，直到听见布罗尼克的关门声，才从口袋里掏出那枚二法郎硬币。他把硬币拿在手里把玩几下，抬起棺材盖，将硬币丢了进去。然后拿起一把铁榔头，将棺材盖仔细钉上。最初几下榔头的回响过后，他听到一阵清晰的震动。他停下动作，仰头望去。十几只受惊的鸽子在仓库的屋顶盘旋。卡罗尔望着它们，手里仍拿着榔头。过了一阵，鸽群平静下来，这副景象显然让卡罗尔感动。他尽可能小声地继续给棺材敲钉子。这次用的是榔头侧面，钉子平顺地敲入木板，敲击声比之前小多了。

79.

外景。波瓦兹基教堂墓园。白天。

棺材稳稳当当地吊在绳子上，慢慢放进挖好的洞里，躺在参天大树和古老的墓碑间。这是波瓦兹基教堂墓园里一块古老、美丽的区域。一支管弦乐队在演奏范·登·布登梅尔的曲子。出席葬礼的有好几十人。观众很容易就能认出尤雷克和米科瓦伊，米科瓦伊身旁站着一个黑衣女人，还有布罗尼克、外汇兑换店老板、金发女郎、高个男子，以及几名大仓库员工、雅德维加和卡罗尔的若干客户。观众过一会儿才看到卡罗尔本人，隐身在一棵大树后面，离墓地三十、四十、五十码远，此刻殡葬员正在把装有他尸体的棺材放进墓穴。卡罗尔从树后现身，举起一副望远镜。望远镜对准了米科瓦伊身旁的黑衣女人，此时才看清——是多米尼克。她注视墓穴良久，然后在靠近脸的地方做出一个意味不明的古怪手势。卡罗尔始终目不转睛地盯着她。他看到多米尼克在擦眼泪。看到其他人从墓地旁走开，她仍留在那里。米科瓦伊则在几步开外安静地等她。看到多米尼克在哭。卡罗尔的望远镜从眼睛上移开。他被感动了——同样地，眼里也闪着泪花。他看着她瘦小的身影独自站在新建的墓前。他悄悄朝墓园出口的方向走去。

80.

内景。酒店房间。夜晚。

黑屏。钥匙的窸窣声。门开了，出现多米尼克的身形，门被关上，画面又暗下。开灯的声音，房间亮了。多米尼克走进套间，站在那里颤抖，倚到墙上。她解开外衣，外衣顺着墙壁滑下，落到地板上。她朝房间里走几步，发现化妆台上放着一座女子石膏胸像。她不确定自己住进来的时候有没有这东西。她被女人精致的面庞吸引，走过去，抚摸雕像的鼻子、嘴唇、眼睛。出于某种莫名的原因，房间里重又弥漫起葬礼的气息。她脑子一片空白，机械地解开短裙，任由它滑下，走进卧室。画面又暗下。多米尼克打开灯，吓得轻叫一声，急往后退。床上躺着一个没穿衣服的男人，被子半掩住身体，是卡罗尔。多米尼克吓呆了，想跑，想拉上自己的裙子，裙子却再次滑落。

多米尼克 卡罗尔……

卡罗尔用法语回答。

卡罗尔 是。我想要你过来。想确认一件事，从此后不想再问了。

多米尼克还没回过神来，只是喃喃重复着他的名字。

多米尼克 卡罗尔。

卡罗尔，就像他在巴黎的美发沙龙里那样，向她伸出手。

卡罗尔 你在墓地哭了……为什么？

多米尼克点头，似乎又触景生情，眼里涌出泪水。她轻声答道。

多米尼克 因为你死了。

卡罗尔 我可以碰你的手吗？

多米尼克朝床边走近一步，卡罗尔很小心地摸她的手，温柔地把她拉向自己。

卡罗尔　坐吧。

多米尼克顺从地坐到床上。

卡罗尔　我能把头搁在这儿吗？

多米尼克不语，将身子挪近些，让卡罗尔把头搁到她的大腿上。多米尼克把手移到他的脑袋上方，好一阵后，慢慢地把手往下移，触碰他的头发。温柔地抚摸。

卡罗尔　（温柔地）很久了，我一直想这样把头搁在这儿……

多米尼克俯身，让他把脸转向她。现在他的脸离她很近，她又凑近一些，轻轻吻了一下他的嘴唇，像是有足够理由担心卡罗尔会像他的出现那样再次消失。他抬起双手，从多米尼克瀑布般的长发中挑出几缕，编成辫子。他们的嘴唇贴得越来越用力，吻得越来越投入。温馨的爱意渐渐演变成情欲，亲吻里平添了更多欲望，更多激情，两人的呼吸也愈发粗重。卡罗尔伸手去按开关，关上了灯。

81.

内景。酒店前台。夜晚。

布罗尼克笑着倚在前台上。

布罗尼克　埃娃女士……我照约定来了。

埃娃惊讶地看他。她很疲惫，睡眼惺忪。

布罗尼克　是我，埃娃女士。来拿1423房间的护照，我过会儿就送回来。

埃娃女士反应过来了。她从房间钥匙格里拿出护照，放在柜台上。布罗尼克还是那副笑容，用手盖住了护照。

82.

内景。酒店房间。夜晚。

黑暗中能听到多米尼克的声音。

多米尼克　我想看看你……

她打开灯。他们的姿势跟刚才不同。卡罗尔的脸压在多米尼克的脸上。很明显他们开始做爱，并且很享受这个过程。卡罗尔又一次关上灯。黑屏。

叠化：

83.

外景。烟囱。特效。白天。

卡罗尔和多米尼克的喘息越来越粗重。

画面呈现出另一种更深沉的黑暗，中间有一个小小的光斑。镜头在向前移动，起初是缓慢的，接着越来越快，朝那个光斑推进。效果类似于把摄影机放在一座很深的烟囱里，从底部向上推进。光点越来越近，占据五分之一的画面，然后变成三分之一，二分之一，最后镜头好像突然被解放，一下从黑暗跃入了刺眼的光亮中。这光亮持续了一会儿。

淡入：

84.

内景。酒店房间。夜晚/白天。

卡罗尔和多米尼克的脸重新浮现，他们紧贴着躺在一起。他们刚刚结束一场情事，呼吸还没平复。喘息渐渐平复。安静。

卡罗尔 你比电话里叫得更响……

多米尼克 是的……

卡罗尔闭上眼睛。多米尼克温柔地看着他，轻轻抚摸他的眉毛。

多米尼克 你不想看我吗？

卡罗尔睁开眼睛。他看了她一会儿，重又闭上眼睛。多米尼克很浅地笑一下。卡罗尔伸手摸她的脸，像是要记住它的形状。

多米尼克 我从没想过你会这样。你累吗？

卡罗尔仍闭着眼睛，点点头。多米尼克移开他的手，把他拉近一些，头枕到他的胸口。

多米尼克　我能这样睡吗？

卡罗尔点头。多米尼克闭上眼，睡了。卡罗尔没睡。过了很久，他睁开眼睛，看看睡熟的多米尼克，转头望向遥远的虚空。

清晨，多米尼克蜷在一只枕头上，仍保持着入睡时枕在卡罗尔身上的姿势。她身体微微动了一下。卡罗尔正在打领带，他停下，发现多米尼克没醒，便继续穿上外套，看看手表。他轻轻走到窗口，不想吵醒熟睡中的多米尼克。他看到窗下有个鲜花商在布货。他笑了，深情地看一会儿多米尼克散在枕头上的头发，朝她俯过身去，伸出手，像要抚摸她的头发，但克制住了，直起了身子，轻轻拉上门，走出了房间。

85.

外景。酒店门前。白天。

卡罗尔走向那个花商。他从后袋里抽出一沓纸币，接过花商准备卖一整天的一大捧花。他捧了个满怀，转身回酒店。半路上，他拐进一家旅行社。

86.

内景。酒店房间。白天。

多米尼克被一阵微弱的响动吵醒。她睁开眼睛，脸上依然留有安详的微笑,像还在梦中。过了一会儿,她不安起来。

多米尼克　卡罗尔……

当然无人回应。多米尼克从床上跳下,用一条床单裹住自己,跑到客厅。

多米尼克　卡罗尔!

她几乎不抱希望地打开厕所的门,开灯。卡罗尔显然也不在里面。多米尼克跑向去打电话,又马上挂掉,因为她不知道可以打给谁。她坐到床上,楚楚可怜地重复。

多米尼克　卡罗尔……

她又拿起电话,从手提包里翻出一张名片,打了过去。

亨丽卡　(画外音)米卡公司,有什么可以帮您?

多米尼克　可以跟米科瓦伊通话吗?我是多米尼克。

亨丽卡　(画外音)我这就帮您接给董事长。

米科瓦伊　(画外音)喂……

多米尼克　我是多米尼克。卡罗尔在哪儿?

米科瓦伊　(画外音)他死了。

他的法语不错。

多米尼克　他没死，昨晚我还见过他……

米科瓦伊　（画外音）你昨天去了他的葬礼。

多米尼克　我参加的不是他的葬礼！他还活着！

米科瓦伊　（画外音）我很抱歉。

多米尼克　帮我找到他，米科瓦伊。我爱他。

米科瓦伊　（画外音）好的。23区，墓碑号2675，墓地的波兰名字是波瓦兹基。波……瓦……兹基。

多米尼克听见有人敲门，一下振奋起来。

多米尼克　他回来了。他在。抱歉，我挂了。

米科瓦伊　（画外音）我怀疑不是他。

多米尼克没听完最后一句便挂上电话，奔到门口。打开门。两个陌生人站在门口，身后跟着几个佩枪的警察。

警察　多米尼克·因斯多夫？

多米尼克　是的……

几个人走进房间。多米尼克往后退，身上还裹着床单。

87.

内景。旅行社。白天。

卡罗尔打开门，勉强捧着花挤进去。他走向一个快乐的空姐。他把花往柜台边上一放，掏出钱包，从里面取出一张机票。

卡罗尔 我今天原本飞香港。十一点半。我想取消。

空姐 现在有点晚了。

卡罗尔看手表。

卡罗尔 还有两个小时才起飞呢。我有权……

空姐友好地微笑着。

空姐 您忘了把表调快。昨晚时间往前调了。不过也没有太大问题,这趟航班等退票的人很多。我能看下您的票吗……

卡罗尔听说时令调整,脸一下白了。他看手表,对照柜台上方的电子钟。

卡罗尔 现在几点?

空姐 十点半。

卡罗尔机械地把票递给空姐。

卡罗尔 我能打个电话吗?

他没等回答就抄起空姐面前的电话,飞快地拨号。亨丽卡接的。

亨丽卡 (画外音)米卡公司。有什么可以帮您?

卡罗尔 我是卡罗尔,亨丽卡女士,立刻让米科瓦伊接电话。

先是一阵沉默，随即传来亨丽卡惊恐的尖叫。

亨丽卡 （画外音）啊啊啊啊啊啊啊……啊啊啊啊啊啊啊啊……

她把电话挂断了。卡罗尔立刻拨回去，冲着听筒大吼。

卡罗尔 是我，亨丽卡女士，是我！拜托……

亨丽卡 （画外音）请别这样……哦哦哦哦哦……

电话那头传来有人摔倒在电话机旁的声音。

卡罗尔 （喊叫）喂！喂！

88.

内景。酒店房间。白天。

多米尼克已穿好衣服，从卧室里出来。三个男人在客厅里等她。

警察 您的护照，谢谢。

译员冷冷地将这句话译成法语。他上点年纪，已经秃了。多米尼克把手伸进手提包，然后想起来。

多米尼克 护照在前台。

警察 那就给楼下打电话。

多米尼克打电话，要求把她的护照拿上来。她转向警察——突然想到了什么。

多米尼克　我是法国公民。

警察　我们知道。大使馆已经得到通知,在赶过来的路上。他到达这里前,您有权保持沉默……

译员冷冷地翻译着。

多米尼克　我没什么可隐瞒的,只想知道这到底是怎么回事。

警察　您已经开始执行遗嘱了,是吗?您已经见过……

多米尼克　是的。

警察　他很富有,是您的前夫,是吗?

多米尼克不太有把握了。

多米尼克　是的……

这时门开了,酒店门童走进来。多米尼克伸出手,门童把护照交给她。多米尼克查看一下,确认是她的护照。都没错。

多米尼克　谢谢您。

译员翻译了这句话。门童显然在等这句话之后的小费。

警察　那就行了,谢谢您。

他摆出一副表情,门童见状闪了出去。警察伸出手,多米尼克把护照递给他。

89.

内景。酒店电梯和走廊。白天。

卡罗尔还抱着那捧硕大的花,焦躁地乘电梯上楼。他在自己那层出电梯,经过对面走来的门童,刚转过多米尼克门外的拐角,撞上了那几个佩枪的警察和便衣。卡罗尔见状往后退。一个警察叫住他。

警察 站住!

卡罗尔站住了,用力咽下口水。警察走到他面前。

警察 您来找谁?

卡罗尔 走错楼层了,我是来给1243号房送花的。

警察翻检下花,看里面是否藏着什么。

警察 您的名字?

卡罗尔 卡罗尔·布什。

警察 身份证,谢谢。

卡罗尔从他的大钱包里取出护照。警察微笑着把护照还给他。

名字不错。我要是您,就不会在这儿乱晃。

90.

内景。酒店房间。白天。

警察在检查护照,翻开内页。

警察 我们认为您丈夫不是自然死亡。

多米尼克 什么？

警察 我们有证据，他死的那天您在场。您的护照上有日期戳印，您怎么解释？

警察给多米尼克看她护照上翻开着的那页戳印。译员继续冷冷翻译。

多米尼克 他没死！他还活着！

警察 谁？

多米尼克 卡罗尔！我丈夫！

警察 那昨天您在十一点半参加的是谁的葬礼？

多米尼克半晌无语，然后重重地坐到椅子上，轻声回答。

多米尼克 他的。

警察 那活着的又是谁？

多米尼克把脸埋进手里，频频摇头。

多米尼克 没有谁……

门口站着矮小的领事馆代表，跑得气喘吁吁。他走到多米尼克跟前问候她。和警察握手——像是相互认识。警察低声解释了几句。

警察 我们必须拘留您。请别担心，一切都会仔细调查清楚。我们准备明天挖出尸体。

代表挥挥手，表示接受。多米尼克抬起头。

91.

外景。酒店门口。白天。

卡罗尔冲出酒店，嫌手里的花碍手碍脚，经过垃圾桶时丢了过去，没丢准。他绝望地四下张望，发现一辆蓝色大众车靠边，便冲过去。金发女郎的车窗开着，她在停车。

卡罗尔 帮帮我。我很急。请您开车送我去万豪。

金发女郎冲他一笑，无声地曲起手肘，做出一个明确的手势。脸上的笑容立刻不见了。

卡罗尔 求您了！

金发女郎摇上车窗，差点夹了卡罗尔的手指。他在最后一刻抽回。他重新跑起来，一边吮手指，一边冲一辆经过的出租车招手，司机无视他，呼啸而去。

92.

外景。毕苏斯基广场。白天。

卡罗尔全速跑过空旷的大广场。

93.

内景。万豪酒店办公室。白天。

卡罗尔冲进办公室大门，看到亨丽卡，他竖起一根手指。亨丽卡后退着跌坐到扶手椅上。她用力抓住扶手，克制着尖叫。卡罗尔跑到她面前——她越发惊恐——抓住她的手。

卡罗尔　是我，亨丽卡女士。是我。

等不及她平静下来，他冲进了老板办公室。米科瓦伊正在房间里踱步。

米科瓦伊　你在这儿干什么？你不该……

卡罗尔　把一切叫停。把一切纠正过来。所有的一切。

米科瓦伊　怎么做？

卡罗尔冷静下来。他不知道如何回答米科瓦伊的问题。

米科瓦伊　发生什么了？

卡罗尔　我不知道昨晚时令往前推了一小时。我以为刚过九点，结果已经十点了。我给你打电话，把亨丽卡吓坏了……

说到这里，他意识到自己说的都是废话。他重重地坐到椅子上。

米科瓦伊　我十点给警察打的电话，按你要求的那样。

卡罗尔　我知道。米科瓦伊……我爱她。

卡罗尔抬眼看米科瓦伊，后者被他的自白打动了。

米科瓦伊 （严肃地）她也爱你。

卡罗尔抱住自己的头，低声叹息。过了好久，他突然振作起来。

卡罗尔 我要自首。我把一切都告诉他们。我不在乎坐牢……

米科瓦伊 你把我也供出去吧，别提布罗尼克。去吧，你是对的。

卡罗尔又把脸埋进手里。叹息声更大了。

94.

内景。美发沙龙。白天。

尤雷克聚精会神地盯着炉子深处。这个动作持续了好一阵。

尤雷克 好了。

他打开炉子，取出一份烤得很好的肉酱派。他穿着一条围裙，开心、熟练地将肉酱派取出。他小心地用刀把派切开，突然咯咯笑起来。这时镜头才发现卡罗尔也在厨房里，忧心忡忡地看着哥哥。

卡罗尔 怎么了？

尤雷克 没什么，就是想起尸体挖出来后，我们还去指认过你。我们都以为是你。米科瓦伊还吐了……

卡罗尔没心思在这件事上打趣。尤雷克用一张干净的纸将肉酱派包好,往一个罐子里倒了些康波特[1]。

尤雷克 我还做了点康波特,樱桃味的。卡罗尔……过几天吃蜗牛怎么样?我们院子里有,我来做个炖菜……

卡罗尔 律师来过吗?

尤雷克 顺路来过一趟,钱收得可真够狠的……

卡罗尔挥手赶开这个念头——这不重要。

尤雷克 他说……

卡罗尔 什么?

尤雷克将肉酱派和康波特放进一个塑料袋,打包好。

尤雷克 他看到了隧道尽头的一点光。

95.

外景。美发沙龙外面。黄昏。

卡罗尔提着塑料袋,从美发沙龙出来,走过布置得相当无趣的灰扑扑的橱窗。橱窗里放着几个女模特的头像,假发显然是沙龙里做的。其中有一尊白色的女

---

[1]康波特是波兰和其他东欧国家流行的一种非酒精饮料。做法类似水果罐头,将经过加工的草莓、杏、桃、苹果、大黄、醋栗、欧洲酸樱桃泡入水中(经常会用糖或葡萄干增加甜味,有时会加入香草或桂皮)制作而成。

子石膏胸像，显然疏于打理——表面浮着死苍蝇和灰尘，头上歪扣着一顶假发。镜头在胸像上停了一会儿。

96.
外景。监狱外墙。黄昏。
卡罗尔提着塑料袋，走在长长的监狱围墙下。

97.
内景。监狱值班室。黄昏。
卡罗尔将袋子塞进窗口。警卫接过，询问地看卡罗尔。卡罗尔从口袋里拿出一样小东西，递给警卫，像是跟他握手似的。

卡罗尔　今天我能看一眼吗？

警卫点头表示可以。卡罗尔走近铁栅栏，警卫开门的动静很大，关门的声音更响。哗啦声令卡罗尔不寒而栗。

卡罗尔　您会让她知道我来了吧。

警卫又点下头，替卡罗尔打开通往监狱院子的大门。

98.
外景。监狱院子。黄昏。

卡罗尔抬眼望向铁窗。里面亮着灯,和其他铁窗一样。卡罗尔拿出一副小小的观剧望远镜,对准那个窗口。现在他能更近地看清窗口。他等待着。一会儿,窗口——显然设计成那种无法靠近的样子——出现一个人影,像在挥手。卡罗尔凝望着那个移动的人影,两眼含泪。

淡出。

以此为背景——片尾字幕。

● ● ●　　　三色　　红

1.
内景。米歇尔的公寓。白天。
一根手指在电话键盘上轻轻按下十二个数字,随着转接音响起,镜头沿电话线快速推进,一头扎入电线内部。

2.
内景/外景。电话交换机。特效。白天。
电话接通音。镜头快速穿过一团乱麻的缆线到达一台交换机,线路接通,灯亮,翻板闸跳动归位,灯闪几下。越来越多的——十几段——多语种通话交织;无法听清确切的通话内容。镜头随粗缆线回到地面(在下雨),又冲进大海。越来越多的接通音和语音混杂,众声喧嚣。镜头从海里一跃而出——阳光明媚——又一头扎入遍布粗缆线和接口的隧道，交换机灯闪。镜头骤停。

以此为背景：片头字幕。

忙音。镜头以惊人的速度往回退，掠过一团乱麻的缆线、交换机、接口，一路忙音，回到开场那台拨出号码的电话机。

3.
内景。米歇尔的公寓。白天。
一个男人的手放回听筒，又再度拿起，手指轻按下第一个数字。

4.
内景。奥古斯特的公寓。白天。
奥古斯特，三十来岁，刚穿上外套，桌上放着吃剩的早餐。他迅速找来一些书摞好，不少本，有一本还是从他杂乱的床边找到的。他从架子上取下最后一本，然后用一根松紧带一并捆起，迅速估摸下桌子的承重后，把书放上去。他检查烟盒里还剩几支烟，把它放进了口袋。然后找出一根亮红色的长皮绳，接到狗的项圈上。这是一条毛发蓬松的黑色中型犬,正为了出门溜达而雀跃。人和狗走出了家门。

5.
内景。奥古斯特公寓的楼梯井。白天。
奥古斯特跑下楼梯,习惯性地查一下信箱。狗拼命地拽皮绳。奥古斯特打开大门,人和狗走了出去。

6.
外景。奥古斯特公寓楼外的街道。白天。
奥古斯特牵着拴有红皮绳的狗跑过街。天气晴好,雨后的水坑泛着微光。狗着急往小广场跑,镜头在他们经过街对面的一幢楼后没再跟过去,而是在这幢楼前停下。听到一阵电话铃响,镜头循声往上摇,在一个公用电话亭前稍事停顿后,慢慢摇向三楼的一个窗口,往里推进。电话铃越来越响。

7.
内景。瓦伦汀娜的公寓。白天。
镜头往里推进,进入瓦伦汀娜的房间,朝电话铃声推去,在电话机前停下。铃响了六下,答录机随之启动。

瓦伦汀娜 （画外音）您好，我是瓦伦汀娜，请在提示音后留言。

提示音响，一个男人开口。

米歇尔 （画外音）瓦伦汀娜……瓦伦汀娜，你在吗？瓦伦汀娜！

正当观众以为家里没人时，瓦伦汀娜笑盈盈地出现在电话机旁，拿起听筒，一边喝着加过香蕉片的酸奶。酸奶盛在一个塑料盒里，镜头快速扫过盒子上的图案，是两只红色的樱桃。

瓦伦汀娜 我在家，米歇尔，在吃早饭。

她咽了口酸奶。

米歇尔 （画外音）刚才占线，现在又是答录机，你是一个人吗？

瓦伦汀娜 是的。

米歇尔 （画外音）一直一个人？

瓦伦汀娜 一直是。刚才占线，经纪人打来的，要安排一次拍摄。你什么时候回去的？

米歇尔 （画外音）昨天。我给你打过电话，可你不在家。我们的车被偷了，在波兰。护照，钱，所有东西都没了……

瓦伦汀娜 那怎么办？

米歇尔 （画外音）有个好心人安排我们住在他

的办公室，这里还是有好人的……

瓦伦汀娜 米歇尔……我昨晚做了件蠢事。

米歇尔的声音明显不安起来。

米歇尔 （画外音）什么？

瓦伦汀娜 昨晚我一直抱着你的夹克睡的，我想和你睡一起。

米歇尔 （画外音）瓦伦汀娜，现在不行。

瓦伦汀娜 我知道。

她一手提着无绳电话，一手从凌乱的床上拉过一件男式红夹克。她瞟了眼手表，起身做出门准备。她找出自己的手提包，把今天要带的所有零碎扔进去，又从一把椅子后面找出围巾。

瓦伦汀娜 你那里天气怎样？

米歇尔 （画外音）倾盆大雨，和平时一样。

瓦伦汀娜看向窗外，地板光斑点点。镜头推出窗，大街另一头的奥古斯丁正溜狗回家，看得不很真切。他走进了公寓楼的大门。

瓦伦汀娜 （画外音）这里太阳很好，天气暖和了。

米歇尔 （画外音）昨晚你在做什么，我打电话来的时候？

瓦伦汀娜 （画外音）我去看电影了。

米歇尔 （画外音）明天我再打给你。你会在家吧？

瓦伦汀娜走进画面，关上窗。

瓦伦汀娜 会在的。

她放下听筒，穿上外套的一只袖子，用毯子随便罩了下床，显然不是一个有条理的人。又把几只五颜六色的靠枕丢到床上。

8.

外景。奥古斯特和瓦伦汀娜的公寓楼前。白天。

奥古斯特提着他用松紧带捆好的书，从公寓大门出来，上了自己的吉普车。车动了，借草坪中间的空地掉个头——这块地方显然就是派这用处的——开上了双行道。车从公共电话亭前开过几米后刹住。奥古斯特把车倒回到电话亭前停下，没熄火就下车走进了电话亭。他投下一枚硬币，拨出一个号码。一个女人接电话，是卡琳。

卡琳 （画外音）早上好，详细天气预报。

奥古斯特轻轻挂上听筒，微笑，一切美好。他没注意掉到地板上的硬币，是被电话退出来的。他上车开走。与此同时，电话亭旁边的公寓大门开了，穿戴整齐的瓦伦汀娜走出来。没走出几步就拐进了一家小咖啡馆——约瑟夫咖啡馆。

9.

内景。咖啡馆。白天。

瓦伦汀娜来到一台单臂老虎机前,投进一枚硬币,用力拉下扳手,动作表明她每天都会这样来一下。小屏幕上连续滚动彩色的柠檬、樱桃和苹果,停,是两个樱桃和中间的一个BAR,老虎机嗡嗡震动。瓦伦汀娜输了,开心地笑。酒保朝她看看,竖起大拇指,表示"不错"。

酒保 输了?

瓦伦汀娜露出一个大大的笑,点点头,也冲酒保竖起大拇指。然后又拿出一枚硬币,显然事先准备好的——报纸费——放到吧台上,开心地走出咖啡馆。

10.

外景。瓦伦汀娜的公寓楼前。白天。

咖啡馆门口立着一个报架。瓦伦汀娜抽出她已经付过钱的日报,匆匆扫一眼便走向停在她公寓楼前的小汽车。报纸挡住她的下半边脸,她拉开车门,坐进去,关上门。

11.

内景。摄影棚。白天。

瓦伦汀娜,大笑着,嚼着泡泡糖,像是在摆给谁看。果然。一名摄影师在棚里绕着她游走,不断按快门。瓦伦汀娜吹出一个泡泡。

摄影师 吹得用力点,再用力点……

泡泡越吹越大。

摄影师 再大点。头偏向一边。再偏一点。

瓦伦汀娜照指令做,努力表现得可爱点。她噘起嘴,仰起脸;又低下头,还是噘起嘴;再展示自己的侧脸线条。快门声咔嚓不停。泡泡破了,瓦伦汀娜有点遗憾,将剩下的泡泡糖从嘴唇上舔下。摄影师放下相机,走近。

摄影师 今晚有什么安排?

瓦伦汀娜 想办法睡着。

摄影师 一个人?

瓦伦汀娜点头,失落地笑。

摄影师 等等……保持这个动作。

有那么一分钟,瓦伦汀娜保持住这个特别的嘴形,舌头伸在外面。相机快闪,摄影师飞快地拍下十几张这个姿势的照片。

摄影师 我的胶卷断了。

摄影师冲进暗室，调暗灯光，把瓦伦汀娜一个人留在外面。她生气地从嘴唇上舔下残留的泡泡糖，搓成球按到桌上，冲着独自关进暗室的摄影师喊。

瓦伦汀娜　　别出来，我在换衣服。

扯了扯衬衣纽扣。

12.

内景。芭蕾舞教室。白天。

芭蕾舞教室里有约莫十几个女孩，统一穿着厚厚的彩色护腿袜，手抓栏杆做一些简单练习。一条腿高抬到空中，然后换一条腿。练习有一阵了，女孩们都累得身上汗津津的。老师，和她们同样打扮，正用手杖在地板上敲出音乐的重音，干巴巴的敲击声混合着她的尖利叫喊。

老师　　再来，一⋯⋯二⋯⋯一⋯⋯

瓦伦汀娜擦了把脸上的汗，听老师的指令，踮起脚尖踏出几步，然后和其他女孩一样——转身，再次抬起套着护腿袜的腿，向外伸展。她的脸上露出痛苦的表情，张嘴用力呼吸。腿又抬起，保持，换另一条腿。瓦伦汀娜竭力做到完美。

13.

外景。杂货店门口。白天。

街上,瓦伦汀娜一口气灌下半瓶矿泉水,喉咙随着吞咽起伏,不停有水滑过她的下巴。看上去真难以置信,她一口气喝下将近一升的水,瓶口始终没有从她嘴上挪开。奥古斯特的吉普车从她身后很近的地方驶过,观众可以短暂看清他在方向盘后面的脸。瓦伦汀娜没留意这辆开过的车——那只是她身边车流中的一辆(车流中还有辆老旧的棕色梅赛德斯)——只有镜头从车流中短暂捕捉到它。瓦伦汀娜拧上盖子,把喝剩的水瓶揣进斜挎在肩上的大包里,报纸杵在包外头。她朝店里喊一句。

瓦伦汀娜　祝您有愉快的一天!

她笑着跑向自己的车,坐进去。

14.

内景。酒店会客厅。夜晚。

氛围典雅的酒店里正在上演时装秀,主办方是一家著名时装公司。后台穿梭着十几名模特,场面混乱。瓦伦汀娜在飞快地换装,捋平自己的彩色短裙。她伸出胳膊,有人给她套上一件裘皮大衣,可她在最后一刻从袖子里抽出胳膊,冲了出去。

瓦伦汀娜　小心！

有个电工站在一把长梯上，梯子摇摇欲坠，瓦伦汀娜在它倒下前最后一刻扶住了它。音乐响起。梯子稳住了。瓦伦汀娜松开手，又跑回去披上裘皮大衣，加入到候场的同事们中间。她们正笑个不停，因为有个模特一边扮鬼脸，一边故意拖着步子走出去。可一俟踏进聚光灯，她旋即绽开笑颜，挺直身板，准确踏上音乐的节奏，和其他模特一起热演起来。只不过她展示的是另一组时装。掌声响起。瓦伦汀娜走得很好，动作流畅、轻盈、飘逸。她转了几圈回来，在台阶上被轻轻绊了一下。她对自己笑笑，轻松地找回平衡。她跟模特们一起回到后台，一边跑一边迅速脱下裘皮大衣，蹬掉鞋子，伸开胳膊等着穿进下一套时装。

15.

外景。城市街道。傍晚。

瓦伦汀娜坐上自己的车子。傍晚了。她打开收音机，头靠到头枕上，调整呼吸稍事休整。她伸直双手，活动手腕和眼睑，眼睛一睁一闭。随后发动引擎，振作自己，开动车子。车没开出几米便遇到红灯，停下。她并没注意同侧人行道上走着的奥古斯特，后者正朝相同的路口走去，手里提着用松紧带捆好的书。

信号灯让瓦伦汀娜颇不耐烦，绿灯一亮便一脚油门，从一个笨拙地踩单车的人身边越过。奥古斯特也奔跑起来，想赶上瓦伦汀娜刚开过的那个绿灯。突然松紧带断了，书散落到人行道和车道上。奥古斯特弯腰去捡。来往车辆的尾气吹开了书页，奥古斯特的腰弯得更低了，他看到被随机吹开的某页图片下的标题，笑了，像是找到了一直在找的东西。他蹲在散落的书中间，翻几页，又翻回到被气流吹开的那页。

瓦伦汀娜开得飞快，手指在方向盘上敲着收音机里的音乐节奏。她已经驶出市中心，来到另一片城区。收音机显然受到干扰，音乐没了，只听到杂音。瓦伦汀娜想调回那个波段，突然传来一记巨大沉闷的撞击声。她猛踩刹车，回头张望。她把车倒回去，借着车头灯，隐约看见一条狗躺在血泊里。瓦伦汀娜下车，跑到狗身旁蹲下。这只大大的阿尔萨斯犬正用湿漉漉的眼睛望着她，嘤嘤呜咽。瓦伦汀娜无助地望向四周——街上空无一人。瓦伦汀娜试着将狗抱起，太重了，费很大劲才把狗拖到车旁。她拉开后车门，用膝盖顶着，把狗安顿在后座上。她手上全是血，气喘吁吁。她抚摸狗的头，狗闭上眼睛任她爱抚。抚摸时，瓦伦汀娜看到它脖子上的项圈，项圈上有块金属牌，上面有主人的地址和狗的名字。

瓦伦汀娜 丽塔……丽塔。

狗睁下眼睛。瓦伦汀娜打开车顶灯，找出一张城市地图。狗主人住的那条街在城外的一个别墅区。瓦伦汀娜转头看狗，狗正静静地注视她。

16.
外景。别墅区。法官家门前。夜晚。
瓦伦汀娜的车在别墅区里缓缓行驶。她找到正确的门牌号，停车下来。她按了下门铃，听到远远的房子深处有很微弱的门铃声。房子里有灯亮着，但没人应声。瓦伦汀娜又按一次，还是没应。她发现门虚掩着，便推门进去，穿过小院，敲这栋别墅的前门。还是没人应。她迟疑着将门推开一半，走进去。

17.
内景。法官家。夜晚。
这是一栋老屋，疏于打理，但装修很考究。

瓦伦汀娜 （大声地）晚上好……您好……

没人回答。瓦伦汀娜往里走，走过两个亮着灯的房间，又走过一个堆满脏盘子的厨房。客厅的门开着，瓦伦汀娜在门口站定。有个男人坐在客厅里，背对她。瓦伦汀娜敲敲门框，清了声嗓子，男人没有反应。客厅里传来收音机的嗡嗡声和电流的噼啪声,像是在收听一个早已结束播音的波段,而绿灯显示该波段仍在运作。瓦伦汀娜朝男人走过去。他年纪很大了,头靠在扶手椅的头枕上,闭着眼睛,但没在睡。瓦伦汀娜显然很担心,碰碰他的肩膀,他睁开眼,意识很清醒。他冷漠地看着瓦伦汀娜,有那么一阵,两人谁也没开口。

瓦伦汀娜　抱歉……

男人看着她,一言不发。

瓦伦汀娜　我很抱歉,门开着……

没有回应。瓦伦汀娜不再担心他了。

瓦伦汀娜　我很抱歉,可是我觉得我撞了您的狗。

男人是一名退休法官,他皱起眉头。

瓦伦汀娜　丽塔。一条阿尔萨斯犬,大型阿尔萨斯犬。

法官的回答很平静。

法官　可能的,她昨天就不见了。

瓦伦汀娜　她在我的后座上,在我车里,还活着。我不知道该拿她怎么办。

法官耸耸肩,表示他也不知道。

瓦伦汀娜　您想让我送她去医院吗?

法官　要是您愿意的话。

瓦伦汀娜无法理解法官的态度。

瓦伦汀娜 如果撞倒的是您女儿,您也会这样不在乎吗?

法官的态度比刚才尖锐。

法官 我没有女儿,女士。

瓦伦汀娜显然还想刺激他,可法官抢先开口了。

法官 走吧。

瓦伦汀娜没再说什么,走出客厅关上门。正当她走过厨房时,法官出人意料地大吼。

法官 (画外音)别关门!

瓦伦汀娜被法官的突然发作吓到了,转回来推开客厅门,发现法官已经离开扶手椅,正背对她站在窗口,裤子上吊着一副老式宽背带。瓦伦汀娜慢慢走回走廊的暗处,消失。

18.

外景。法官家门前。夜晚。

瓦伦汀娜愤怒地摔上门。她看见法官仍站在窗口,身后的房间灯火通明。法官没在看她,可瓦伦汀娜还是往后退半步,让脸没入阴影中。她拉开车门,摸摸狗的脑袋,又朝法官的方向瞟一眼,可他已经不在窗前了。

19.

内景。兽医院——急诊室。夜晚。

瓦伦汀娜坐在塑料凳上,身子前倾着,透过虚掩的毛玻璃门,望着狗的脸。她躺在一张高床或桌子上,也在注视她。我们可以看到给它做治疗的人的侧影。医生——兽医——把门开大一点,笑着对瓦伦汀娜说。

医生 它没什么大碍。我们已经缝好伤口,有点擦伤,需要休息几天。它怀孕了。您想把它带走,还是留在我们这里?

瓦伦汀娜站起身,狗也立即拖着身体要起来,像是要靠近她。

瓦伦汀娜 我带它走吧。

医生很友好。

医生 我们帮您抬上车。

他探头朝走廊里喊人。

医生 马克!

这名字让瓦伦汀娜一凛,也往马克可能过来的方向望去。一个体格壮实的中年人走过来。看到他的模样,瓦伦汀娜立刻对这个马克失去兴趣。

20.

内景/外景。瓦伦汀娜的公寓。白天。

早晨。瓦伦汀娜还在床上，听筒支在耳边，显然心情大好。绑了绷带的狗躺在她身边的红夹克上。

米歇尔　（画外音）你一个人吗？

瓦伦汀娜　不是……而且不是一个人过的夜。

电话那头的米歇尔沉默，只听到他的呼吸声。瓦伦汀娜把手伸到狗的鼻子前，狗开始舔她。

瓦伦汀娜　它在舔我呢，你能听见吗？

米歇尔　（画外音）能听见……

瓦伦汀娜将话筒举到狗面前。

瓦伦汀娜　对他说点什么吧，来，说吧……

狗竖起耳朵，低吠了几声。瓦伦汀娜收回听筒，哈哈大笑。

瓦伦汀娜　你听见了吗？我有一条狗了。

米歇尔　（画外音）（松了一口气）一条狗？

瓦伦汀娜　一条狗，昨晚我撞到它了。

她突然意识到，这个玩笑对她的情侣来说并不好笑。

瓦伦汀娜　对不起。

米歇尔　（画外音）那不好笑。

瓦伦汀娜　对，不好笑。你还记得我们怎么遇见的吗？

她尽量让自己躺舒服点，手不自觉地抚摸狗。米歇尔不太明白瓦伦汀娜的意图。

米歇尔 （画外音）我记得……

瓦伦汀娜 如果我那会儿刚好不休息，我们就不会遇见了。

米歇尔 （画外音）不，瓦伦汀娜……把狗还回去。

瓦伦汀娜 我试过了，主人不要它。

米歇尔 （画外音）是谁的狗？

这时外面传来有规律的汽车喇叭声，瓦伦汀娜看向窗户。

瓦伦汀娜 车的警报器响了，可能是我的。

瓦伦汀娜跑到窗口，她停在街上的汽车在规律地闪灯和鸣笛。

瓦伦汀娜 是我的。你能等一下吗？我要去关一下。

米歇尔 （画外音）不行，我赶时间。

瓦伦汀娜 我知道。

她放下听筒。

21.

内景/外景。奥古斯特的公寓。白天。

奥古斯特也听到了汽车警报。正在做笔记的他从书桌前抬起头。他穿着衬衣，裤子上吊着背带，书翻开在昨天被风吹开的那页。奥古斯特起身，过去推开窗，探头望见鸣笛闪灯的那辆车，他的吉普车则安静地停在那里，便不再搭理此事。他看一眼手表，身子又探出去一点，望见离他公寓楼不远的街头，站着一个很漂亮的女子。奥古斯特挥手招呼，金发女郎——卡琳——笑着冲他做出同样的手势。奥古斯特关上窗，并没注意到另一个女人（瓦伦汀娜）走出公寓楼大门。她钻进那辆聒噪的汽车，因为距离太远，镜头无法清晰捕捉她的脸。瓦伦汀娜关上了警报器。奥古斯特伸个懒腰。从下巴上的胡茬、书桌上亮着的灯、空咖啡杯的数量和没整理过的床铺来判断，他应该刚熬了一个通宵。他笑着打个哈欠，迅速清理掉咖啡杯，往狗食盆里添上吃的——狗立马吃起来——然后走到对讲机前等候。对讲机响了，他迅速按下按钮，打开大门锁。

22.

内景。瓦伦汀娜的公寓。白天。

瓦伦汀娜刚开门，狗就摇起尾巴。瓦伦汀娜走到狗跟前，坐到地板上，抚摸它的脑袋。

瓦伦汀娜 是我撞到你的，现在怎么办呢？

狗歪着脑袋，似乎了然瓦伦汀娜的难处。

23.

内景。摄影师工作室。白天。

一大堆照片,全是瓦伦汀娜吹泡泡糖的脸。摄影师把它们排开,便于同时浏览,有些看起来真的可爱极了。两人弯腰俯视打着灯的看片台,瓦伦汀娜的手指移过一张张照片,琢磨着。最后,她选定一张。

瓦伦汀娜 我喜欢这张。

摄影师 我也选了这张,还有这张可以备用……

他指着另一张,也很不错。瓦伦汀娜点头。

摄影师 八米高,十米宽。

他笑了,憧憬着偌大尺寸的放大效果。这是一个讨人喜欢的小伙。

摄影师 人们会在街上认出你的。

瓦伦汀娜笑了。

瓦伦汀娜 会是谁呢?

摄影师 想起某个特别的人了?我会的,肯定会。

摄影师张开双臂,给她一个轻轻的拥抱。他把脸凑过去,就在他要吻上她的嘴唇时,瓦伦汀娜轻轻将脸移开。摄影师把她的脸转回自己。

瓦伦汀娜 不是你。

摄影师放开了她。他收起桌上的照片,关掉亮晃晃的看片灯，看着她暗下去的脸。他发现瓦伦汀娜的外套口袋鼓起了一块。

摄影师 你口袋里有东西鼓出来了。

瓦伦汀娜拽出一条红色的长皮绳。

摄影师 很漂亮。红色的……干什么用的？

瓦伦汀娜 我养了一条狗。

24.

外景。瓦伦汀娜的公寓楼前。白天。

瓦伦汀娜在公寓楼前停车下来，走到报架前，抽出她要的那份。头版的某个消息瞬间惊到她。她握紧手里的硬币，展开报纸，仔细研究头版上的照片。奥古斯特从咖啡馆里出来，嘴里叼着烟，用红皮绳牵着狗，从瓦伦汀娜身边走过。她只顾盯报纸，好一阵才意识到自己手里还捏着硬币，便走进了咖啡馆。

25.

内景。咖啡馆。白天。

瓦伦汀娜将硬币塞进投币口，拉动扳手。显示屏上彩图翻滚，最后一个接一个停下，是三个红樱桃。机器嗡嗡作响，下面的笼屉里吐出大把硬币。硬币叮当作响，引起酒保的注意，朝瓦伦汀娜走过来。

酒保 啊,坏运气。

瓦伦汀娜点头,漠然地收好两把硬币,倒进口袋。

瓦伦汀娜 我想我知道为什么会赢。

酒保讨了个没趣。

26.

内景。瓦伦汀娜的公寓。夜晚。

瓦伦汀娜外套没脱便走向餐柜架子上那个装满硬币的大罐子。她从口袋里掏出咖啡馆赢来的硬币,倒进罐子。听到硬币丁当作响,丽塔歪了歪脑袋。不是所有硬币都落进了罐子,有些掉到餐柜上,还有一枚掉到了地上。瓦伦汀娜盯了它一会儿,然后不情愿地翻开刚买的报纸。头版是有关毒瘾者的报道,几张惯犯组织的照片,一条近景拍摄的布满针孔的手臂,以及另外几张特写。瓦伦汀娜俯身细看某张脸,敲门声打断了她。她去开门,手里还拿着报纸。一个胖邻居站在门口,嘴里很响地嚼着口香糖。

邻居 晚上好。您回来啦……邮差送了点钱给您。

他递给瓦伦汀娜一叠纸币,以及一张邮政汇票的收据。瓦伦汀娜惊讶地看着汇款。

瓦伦汀娜 是谁寄来的?

邻居耸耸肩，他也不知道。瓦伦汀娜看汇款人姓名，一头雾水。

邻居 您看到了吗？土耳其人又跑到山上去了。

瓦伦汀娜 是的，看到了。

邻居 害人精。

邻居注意到瓦伦汀娜手里的报纸，歪头瞄了一眼。

邻居 那是您弟弟吗？

瓦伦汀娜 或者是某个长得像他的人……

邻居 不太妙啊……您家里人会看到这份报纸吗？

瓦伦汀娜看着他，不明白他在琢磨什么。

瓦伦汀娜 我不知道。

她关上门，呆立一会儿，然后回去自己房间，拎起电话。她翻笔记本，按下一个号码。一个女人接的。

女人 （画外音）喂？

瓦伦汀娜 我找玛丽，谢谢。

传来一个女孩的声音。

玛丽 （画外音）喂？

瓦伦汀娜 我是瓦伦汀娜，你会见到马克吗？

玛丽 （画外音）是的，可能今晚吧。

瓦伦汀娜 让他打给我，多晚都行。

瓦伦汀娜放下听筒，垂手看着地上。丽塔来舔她的手指,瓦伦汀娜笑了。

27.

外景。瓦伦汀娜的公寓附近。白天。

瓦伦汀娜的公寓附近有个小公园。这是周日的早晨,瓦伦汀娜在跟她的狗说话。丽塔恢复得很好,绷带已经拆掉,项圈上系着红皮绳,专注地听瓦伦汀娜低声交代。

瓦伦汀娜 我放开你,让你四处跑跑。你不会跑掉的,对吗?

丽塔亲昵地瞅她,神态忠诚又温和。瓦伦汀娜解开皮绳。狗发现自己自由了,立刻冲了出去。起先瓦伦汀娜以为它跑一圈就回来,友好地呼唤它。

瓦伦汀娜 丽塔!丽塔!过来!

狗丝毫不理会,径直往前冲,头也不回。瓦伦汀娜着急起来,跟着跑过去。丽塔拐过街角,瓦伦汀娜也跟了上去。

瓦伦汀娜 (大叫)丽——塔!

狗明显是要逃跑。瓦伦汀娜穿过教堂广场,绝望地看着狗跑进敞开着的教堂大门。瓦伦汀娜在教堂门口停下,等一会儿,没见狗出来,只好走了进去。

28.

内景。教堂。白天。

教堂很大,在做弥撒,有十几个信徒。瓦伦汀娜四下巡视。座位上的教众听到她踩在地板上的高跟鞋,都转头看她。瓦伦汀娜用手浸了点圣水,在胸前飞快地画个十字。她手里还拿着那根皮绳,没再理会那些人,径直走到前排,在圣坛前停下,手里的红皮绳看上去不太应景。瓦伦汀娜意识到这点,鼓起勇气大声询问——反正弥撒已经被打断。

瓦伦汀娜 我很抱歉,可是我的狗跑丢了。

瓦伦汀娜跟随牧师的目光——他看到教堂后部有动静——转过头去,丽塔正跑出教堂。瓦伦汀娜屈膝蹬腿,冲出了教堂。

29.

内景。瓦伦汀娜的公寓附近。白天。

教堂拐角处,瓦伦汀娜目送丽塔在大街上跑远,知道自己追不上了。她奔回公寓楼外自己的车旁,在口袋里摸索半天没找到钥匙。她愤怒地挥下手臂,奔进公寓楼。镜头缓缓摇向街对面,奥古斯特正搂着卡琳从公寓楼里出来。他的狗正拽着脖子上的红皮绳,想往丽塔逃跑的方向去。奥古斯特不得不把绳子收紧,坐上吉普车开走。镜头聚焦于远去的吉普车，直到瓦伦汀娜从她的大楼出来，进入画面。她手里拿着钥匙和皮绳，肩上胡乱挎着挎包——里面照常戳出一份报纸。她坐上车，朝吉普车的反方向，也就是丽塔逃跑的那条街开去。起初她在每个路口都放慢车速，留意狗的踪迹。意识到徒劳后，她开始加速，驶出自己的街区。

30.

外景。法官的房子附近。白天。

瓦伦汀娜驶入别墅区，找到之前来过的那条街，把车停在法官的别墅前。院门开着，院子里没人。瓦伦汀娜迟疑半刻，下车走到院门前，按下门铃。别墅的前门开了。丽塔跑到门廊上，后面跟着法官。狗见是瓦伦汀娜，摇起了尾巴。瓦伦汀娜松口气，没再走近。她提高嗓音，好让法官听见。

瓦伦汀娜 她回来找您了。

法官耸耸肩，同样大声回答。

法官 叫它的名字吧，它是您的了。

瓦伦汀娜 （热情稍欠）丽塔……

狗往前跑了十多步，起初跑得很快，等跑到房子和院门之间时突然停下了。它无助地摇尾巴，一会儿看看法官，一会儿看看瓦伦汀娜。这场面很有趣，瓦伦汀娜笑了。她穿过院门，走到狗身前。法官也从另一边下台阶，走向丽塔。最后，他们面对面站着，中间是狗。瓦伦汀娜打开挎包，在里面摸索一阵，取出几张纸币和那张汇票。她拿给法官看。

瓦伦汀娜　是您寄来的吗？

法官点头。

法官　狗的治疗费。

瓦伦汀娜　您怎么知道我的……

法官摆摆手打断她。

法官　这并不难。

瓦伦汀娜把钱和汇票递给他。

瓦伦汀娜　您都不知道花了多少钱。治疗费是130法郎，您寄了600给我。

她从包里取出兽医院的收据，递给法官。法官仔细看了下，点点头，拿回自己的五百法郎，留给瓦伦汀娜一张一百的。随后在口袋里找零钱，没找到。

法官　我去找些零钱。

他转身要走，狗跟上去。这时瓦伦汀娜提了个问题，让这人和狗站住了。

瓦伦汀娜　丽塔怎么办呢？

法官　这狗很聪明，真的，把它带走吧。

瓦伦汀娜 您不想要它了吗？

出人意料的——也是影片中第一次——法官微微一笑。

法官 我什么都不想要。

尽管他是笑着说的，但在瓦伦汀娜看来，这句自白颇有些自命不凡。

瓦伦汀娜 那就停止呼吸啊。

法官回答得很郑重。

法官 好主意。

他朝屋子走去，走上台阶，狗跟在他脚边。法官打开门，进屋不见了。丽塔则蹲在门廊里，冲瓦伦汀娜摇尾巴。瓦伦汀娜在等法官出来，可门里始终没动静。丽塔像是对此习以为常，安静地坐在门口。瓦伦汀娜朝房子走近几步，手伸在口袋里。等待又持续了一会儿。她耸耸肩，回头往停车的地方走去。走到围栏时，她转头看房子的窗户，那里没有人。她跟自己生起气来，大喊。

瓦伦汀娜 打扰一下！

她走回到屋前，想透过底楼的高窗看一眼里面。她必须踮起脚尖才能敲到窗玻璃。没有回应，也许敲得太轻了。

瓦伦汀娜 （大声）您停止呼吸了吗？

没有回应。瓦伦汀娜走回台阶处，在门口犹豫一会儿，推门进去。丽塔仍留在外面。

31.

内景。法官的房子。白天。

瓦伦汀娜关上门。听到屋里有动静，她在走廊口停下。

瓦伦汀娜　打扰一下！

没有回应。她克服自己谨慎的天性，决定继续往里走，再次经过两个房间和脏兮兮的厨房。男人的对话越来越清晰。她走进客厅，法官正坐在扶手椅上背对瓦伦汀娜，前倾着身子。客厅里没有别人。对话是从收音机里传出的，说话的是两个男人。这是一段电话交谈，夹杂着噼啪的电流声和刺耳的电子干扰声。瓦伦汀娜吃惊地听一会儿。无论是技术质量还是谈话内容，听着都不像是广播节目。男一号的嗓音礼貌温和，听上去四十来岁。男二号明显年轻，声音轻柔得让人不适，语气焦躁。

男一号　（画外音）我恐怕不能。

男二号　（画外音）你要是不来，就再也别想见到我。

男一号　（画外音）今天是周日，先生……

男二号 （画外音）昨天周六你还跟我在一起。别用这么正式的称呼，求你了……

男一号 （画外音）等一下，我到另一个房间去接。

收音机里传来脚步声，随后是关门声。法官察觉到背后站着的瓦伦汀娜，转过身来，朝桌上的三十法郎挥下手。瓦伦汀娜走上前。

瓦伦汀娜 您在干什么？

法官不高兴地窃笑起来，实际是内心在狂笑。他马上又竖起手指，因为男人的声音又出现了。瓦伦汀娜困惑不已，但没再说话，继续听。

男一号 （画外音）彼得，我回来了。

男二号 （画外音）我很孤单。我要你过来。我无法忍受一个人。我无法……

男一号 （画外音）我们说好明天的，彼得……

男二号 （画外音）我一整夜都在想你。我梦见你……你站在镜子前，没穿衣服……

观众的猜想此刻得到证实——这是一段被窃听的私人通话。瓦伦汀娜走到收音机前，坚决地把它关掉。她转向法官。

瓦伦汀娜 您在干什么？

法官 窃听。

瓦伦汀娜　什么？

法官　我在窃听邻居们的电话。您打断我了，这段很有趣。

他又短促地窃笑几声。

法官　您不觉得有意思吗？

瓦伦汀娜　恶心。

法官　是啊，而且违法。

瓦伦汀娜难以置信地摇头，走到桌边，抄起那三十法郎，快步离开。法官出声制止了她。

法官　请稍等。

法官走到收音机前，挑衅地把手放到旋钮上。

法官　您很确定自己正确，是吗？那就做点什么。

瓦伦汀娜　什么？

法官打开收音机，把声音调得很响。

男二号　（画外音）……我张开嘴，想象我在亲……

法官关掉收音机。

瓦伦汀娜　您想要我做什么？想要我把收音机砸了？

法官　我会给自己买台新的。去找那个男人，告诉他有人在偷听他的电话。去告诉他，是我干的。

瓦伦汀娜走到法官面前，冷眼盯着他。

瓦伦汀娜 我会的。

法官指向窗外，那里有一幢绿屋顶的白房子。

法官 就是那幢。

32.

外景/内景。法官的房子附近。白天。

瓦伦汀娜沿小路朝绿屋顶的房子走去。她按下门铃，不一会儿，一个三十来岁的女人来开门。她长得很舒服，态度友好，衣着体面，微笑着。

女人 您好，是找我们吗？

瓦伦汀娜 您好。我想找……先生。

她的声音轻了下去。女人始终很友好。

女人 我丈夫吗？他在楼上接电话。

她把门开大一点。

女人 请进吧，请进……

33.

内景。女人家里。白天。

瓦伦汀娜进屋，女人指着门边的一把椅子。

女人 抱歉，我去关一下煤气。

女人朝厨房走去，消失在厨房门后面。瓦伦汀娜在屋里四下打量，中间的桌在上已经摆好周日的午餐，从走廊的这个位置能看到一间儿童房。瓦伦汀娜不敢相信自己的眼睛，一个九岁的小女孩站在门口，听筒举在耳边，她在听父亲的通话。她注意到了瓦伦汀娜，友好地笑，笑得和母亲一模一样。瓦伦汀娜猛地往后退。女人恰好从厨房里出来，手里提着一壶冒着热气的茶。

女人　请坐吧，他一会儿就好。卡洛琳娜！……

她朝儿童房的方向探过头去。

女人　别碰电话，爸爸在用呢！

瓦伦汀娜急迫地打断她。

瓦伦汀娜　很抱歉，我肯定搞错地址了。

女人　这里是二十二号。

瓦伦汀娜　没错。我很抱歉。

女人　的确，很高兴见到您。

瓦伦汀娜退出去，女人关上门。

34.

外景。法官的别墅附近。白天。

瓦伦汀娜快步穿过法官家的院门。镜头短暂摇向停在稍远处的吉普车，卡琳下车，绕到驾驶窗口，吻了吻车里的奥古斯特。狗从车窗里伸出头，冲法官家的方向摇尾巴。瓦伦汀娜没注意那边。她无视正向奥古斯特的狗摇尾示好的丽塔,一路小跑,气冲冲地闯进屋子。

35.
内景。法官家里。白天。
瓦伦汀娜走进客厅。收音机又开着——一个女人的声音。

女人 (画外音)……我建议你们取道伯恩和萨尔斯堡,避免严重的……

男人 (画外音)非常感谢。

女人 (画外音)谢谢您。再见。

电话挂断的咔嗒声,然后是收音机细微的嗡鸣。瓦伦汀娜走到法官身前,法官耸耸肩。

法官 (嘲讽地)怎样?您告诉他了?

瓦伦汀娜的音量比平常高出很多。

瓦伦汀娜 没有。我回来是要……

水壶尖叫起来。法官起身,捡起地上的报纸,递给瓦伦汀娜。

法官 您掉的……

瓦伦汀娜翻一下包——一直戳出来的报纸不见了。法官走去外面的厨房,把火关上。

法官 您自己泡点茶或者咖啡吧。

瓦伦汀娜没理。法官提着冒热气的水壶来到门口。

法官　您要喝点什么吗？

瓦伦汀娜　不用。

瓦伦汀娜　（拉高嗓门重复）不，我不要。我回来……我回来是想请求您。请求您别再这么做。

法官手里的水壶歪着，开水流到地板上。

法官　我一辈子都在这样做。

瓦伦汀娜震惊无比，望着壶里流下的水。

瓦伦汀娜　什么？

法官没应。

瓦伦汀娜　您一直这样让水从水壶里漏出来？

水壶空了。法官把它拿回厨房。瓦伦汀娜跟过去，站在脏厨房的门槛上。

瓦伦汀娜　您做了什么？

很难在那么多脏盘子中间找到放水壶的位置，法官顺手把它放到一堆杯碟上，砸碎了一只盘子和一个玻璃杯。

瓦伦汀娜　窃听？

法官从门口瓦伦汀娜的身前走过，回客厅。

法官　（低语）您可以这么说。

瓦伦汀娜　老天……您是做什么的？警察？

法官回到客厅，坐上他的扶手椅。

法官 更糟。是法官。

瓦伦汀娜走上前，挨着她那把椅子的边沿坐下。

瓦伦汀娜 法官？

法官 您从没见过法官真人吧？

法官拉起他的老式宽背带又松开，让松紧带啪的一声打在身上。法官又重复一遍这个动作，这次把背带拉得更远，松紧带又响一下。他再次拉起背带，把它朝瓦伦汀娜的方向伸过去。

法官 您想试试吗？这声音很动听……

瓦伦汀娜厌恶地摇头。法官轻轻放开背带。

法官 我并不真的清楚自己算哪一方：好的或是坏的。但在这里……

他指着收音机。

法官 ……我或多或少了解到一些真相。这比法庭里的视角更好。

瓦伦汀娜断然摇头。

瓦伦汀娜 不。每个人都有权保守自己的秘密。

法官 当然啦……那您刚才为什么没说？您为什么不告诉他我在偷听？

他站起身，在房间里踱步，声音突然变响，几乎在咆哮。

法官 因为您看到他有一个讨人喜欢的可爱太

太？和一个讨人喜欢的可爱女儿？所以您不能……您感到抱歉，或者只是怕伤害他们？

瓦伦汀娜　我想都有吧。

法官朝瓦伦汀娜俯过身来，压低嗓音。

法官　让我告诉您真实状况。我可以窃听，也可以不窃听。您可以去告诉他们，也可以不去。但他迟早会跳出窗户，或者终究被她发现，然后一切统统乱套。到了某个阶段，还会有人告诉他女儿，也许她就是那个会跳出窗户的人……我们对此能做些什么呢？

瓦伦汀娜移开目光，低下头。法官注意到她的情绪变化。

法官　让您想到什么了？

瓦伦汀娜　是的……

法官　是什么？告诉我。

瓦伦汀娜不太情愿地解释道。

瓦伦汀娜　一个男孩。

法官注视着瓦伦汀娜的眼睛，强调性地重复一遍。

法官　一个男孩……发生什么了？发现他妈妈是个妓女？

瓦伦汀娜　发现他不是父亲的儿子，那时他十五岁。那个男人的女儿……

她指指绿屋顶房子的方向。

瓦伦汀娜　她已经发现了。

她作势起身。

法官　再待一会儿。

瓦伦汀娜停在半途,看着法官,法官也看着她,两人都没说话。过了好一会儿,瓦伦汀娜疑惑地打破沉默。

瓦伦汀娜　为什么?

法官　光线很美。

瓦伦汀娜淡淡地一笑,试图掩饰自己的尴尬,又或许有一丝恐惧。这时收音机里响起拨号音。电话接通了,一个女人接的。我们听到了那个女人的声音。

女人的声音　(画外音)早安,详细天气预报。

人声　(画外音)您欧洲天气预报一定很准确。我看到一则广告……

女人的声音　(画外音)没错。

人声　(画外音)我明天早上开车去都灵……

女人的声音　(画外音)都灵。请稍等……

法官转向瓦伦汀娜。

法官　这个可以让我知道全欧洲的天气情况。

女人的声音　(画外音)到夏蒙尼这一路天气晴朗。夏蒙尼和隧道之间,早晨到中午预报有雪,路面可能湿滑。之后到都灵的路况又都很好。请多加小心。您最好在七点前出发，那样可以避开下雪。

人声 （画外音）非常感谢。这项服务的想法真好。

女人的声音 （画外音）谢谢。再见。

法官站起来，瓦伦汀娜抬头看他。

瓦伦汀娜 这是欺诈，您没有付钱给这个天气预报服务。

法官 说得很对。我倒没想过……但我听她的电话有别的理由……啊哈……

法官竖起手指，侧耳听。收音机里又传来拨号和接通音，还是这个女人接的电话。

女人的声音 （画外音）早安，详细天气预报。

男人的声音 （画外音）是我。你睡过吗？

女人的声音 （画外音）睡了会儿。我一句话没说，但这次真的很棒。我们从没如此激情做爱过。

男人的声音 （画外音）是的，卡琳。我早晨醒来时你还在睡，看着像个孩子。

法官没有注意瓦伦汀娜的动作。听到此处，她已经用手指塞进耳孔，闭上眼睛。她不是刻意这么做，只是出于本能。

女人的声音 （画外音）（轻快地）我比你年纪大。

男人的声音　（画外音）就大一岁。

女人的声音　（画外音）两岁。

男人的声音　（画外音）一切都好吗？

女人的声音　（画外音）突然进来两个电话。靠提供详细天气预报谋生真的很难。我爱你。

男人的声音　（画外音）卡琳……我打给你，是因为我突然感到害怕。

女人的声音　（画外音）因为考试？

男人的声音　（画外音）不是。是未来。是我将要去做的事。

沉默。

女人的声音　（画外音）（欢快地）你不想带我去打保龄球了，是吗？

男人的声音　（画外音）我刚把书打开……你有硬币吗？

女人的声音　（画外音）有的……

男人的声音　（画外音）丢一下。反面去打保龄，正面就看《刑法典》。

法官从口袋里掏出一枚硬币，抛到空中又接住，摊在手掌上。五法郎硬币反面朝上。法官开心地瞟了瓦伦汀娜一眼，她一直堵着耳朵。收音机里传来同样的抛接硬币的音效。

女人的声音 （画外音）反面，打保龄。

男人的声音 （画外音）我再坐一两个小时，然后给你打电话。

女人的声音 （画外音）或者我打给你。

电话挂断。法官转向瓦伦汀娜。他起身，轻轻拍下她肩膀。瓦伦汀娜睁开眼，手指从耳孔里抽出来。

法官 您没听吗？

瓦伦汀娜摇摇头。

法官 真遗憾，刚才这通电话很浪漫。

瓦伦汀娜 我听到了开头，他们相爱。

法官 是——啊……他以为自己在天堂，其实随时可能摔地上。

瓦伦汀娜 这没人说得准。

法官点点头，似乎他能说得准。

法官 他没有遇到对的女人。这种事常有。很有意思……他开的车是我在他那个年纪梦想拥有的。

瓦伦汀娜 这跟车有什么关系？

法官 关系不大。不过他是为她买的，她喜欢那样的车。有时我会从窗口看见他们……

他走到窗口看外面，显然看到了什么，因为他不易察觉地笑了一下。

法官 您觉得我是个混账，对吗？

瓦伦汀娜 是的。

法官 来看看吧。

瓦伦汀娜不情愿地走到窗口。邻居的花园里站着一个很帅的中年人，正在打手机。他很激动地解释着什么，还给出一些指示。

法官 那家伙的手机是在日本买的。用的波段不同，所以我的收音机抓不到，可惜。我想日内瓦的海洛因交易有半数是他经手的。

瓦伦汀娜突然认真地观察起那个男人。

法官 我们什么把柄都抓不到，他从不插手零售。

法官注意到瓦伦汀娜产生了兴趣。

法官 您喜欢他？

瓦伦汀娜 （恼怒地说）很喜欢。

法官 要我喊他吗？

法官敲窗框——声音不大，那个男人听不见。法官正要敲重些。

瓦伦汀娜 （大喊）不要！

法官看向她，装出一副吃惊的样子。

瓦伦汀娜 您有他电话吗？

法官拿过电话黄页簿查找。此时那人已经结束通话，正在为什么事情恼羞成怒。法官找到他的号码，拨出，将无绳电话递给瓦伦汀娜。接通音响。男人正朝自己的房子走去，电话铃停住了他的脚步。他把手机放到耳边。

瓦伦汀娜 您真该去死。

她挂断了电话。这个电话让那个男人愣了一会儿，焦虑地环顾四周，随即收起手机天线，一路跑回家去。瓦伦汀娜把电话还给法官。

瓦伦汀娜 老天啊，我都干了什么……

法官 您的话应该能被监听到。这附近几乎所有人都有这样的电话。这里的地形决定了通话可能被收音机捕捉到……我觉得那些山会反射波长。

他指了指窗外露出的一抹阿尔卑斯山。他拿出一支旧钢笔，甩几下墨水，在一张纸上写下些什么。

法官 这笔好多年没用了……

他把纸递给瓦伦汀娜。

法官 我把他的号码写给您。要是您还想对他说点脏话，就打给他。

他走到收音机旁，拨弄一阵旋钮。不同波段的声音先后传出，几个零星的词语或音乐。不一会儿，法官调到了另一段通话。

法官 下一个节目。不是很有趣。

一个病恹恹、老态龙钟的女人。

老太太 （画外音）……我躺在床上睡不着，翻来覆去好几个钟头。一直很痛，现在也痛。我什么东西都没去买……

年轻女人 （画外音）那太糟了，妈妈。

老太太 （画外音）我没牛奶了，面包也没了……

年轻女人打断母亲的话。

年轻女人 （画外音）可是你有的，妈妈。我买了好多，都在冰箱里。

老太太 （画外音）我都吃光了。

年轻女人 （画外音）别说了，妈妈！你不可能在四天里吃掉七条面包的！我受不了了……

法官关掉收音机，转向瓦伦汀娜。她的眼睛瞪得老大，在椅子上蜷起，似乎身体都在痛。

法官 您想帮她买东西吗？这样您会感觉好点。

瓦伦汀娜 （无助地）也许她会感觉好点？

法官质疑地摇摇头。

法官 您为什么从街上捡回丽塔？

这问题对于瓦伦汀娜显然很多余。

瓦伦汀娜 因为我撞到它了，它受伤了，还在流血。

法官 如果把她留在那里，您会有负罪感，甚至会梦到这只狗的头被碾碎。

瓦伦汀娜不得不承认他是对的。

瓦伦汀娜 没错……

法官 所以您是为谁去做？不用买东西给那个老太太，她什么都有。她真正想要的是女儿去看她，可女儿不想去，她至少去过五次了，母亲的心脏病是假装的。可一旦她死了，我就得打电话给她女儿，因为她不会再相信她。她不会再相信了……

他耸耸肩。瓦伦汀娜站起来，试图赶走这压抑，瞪大眼睛看着法官。

瓦伦汀娜 您错了。

法官 关于什么？

瓦伦汀娜 所有。您所有的看法都是错的。人们不坏，这不是真的。

她的抗议也许天真幼稚，可她是诚恳的。

法官 他们就是坏的。

瓦伦汀娜 不！不是的……他们只是有时太脆弱……

如果瓦伦汀娜不是那么骄傲，她也许会当场哭出来。法官注视着她。

法官 那个发现自己不是父亲亲生的男孩，他是您男朋友还是弟弟？

瓦伦汀娜　弟弟。

法官　他多大了？

瓦伦汀娜　十六岁。

法官　他上瘾多久了？

瓦伦汀娜　您怎么知道？

法官　这不难猜。

瓦伦汀娜　我只会可怜您。

她猛地甩身往外走。法官在她身后转过身来，眼里带着请求或问题。瓦伦汀娜在门口稍停。

瓦伦汀娜　（静静地）我不知道您是否知道，您的狗要生小孩了。

在法官有反应之前，瓦伦汀娜已经走出房间，走出了这幢房子。

36.

内景。车内。傍晚。

瓦伦汀娜开车回家的路上。她不用再克制自己，也不用再怕没面子，泪水不停地从脸颊滚落下来。她抹着眼泪，但不能或者不想阻止它们。

37.

外景。瓦伦汀娜的公寓附近。傍晚。

瓦伦汀娜把车停在她的公寓楼前。下车时还在哭。她锁上车，朝大门走去。镜头此时从她身上移开，沿大楼的立面摇上去，来到奥古斯特的窗前，房间里已经亮起灯。

38.

内景。奥古斯特的公寓。傍晚。

桌上到处是书和笔记，亮着一盏小台灯，屋里似乎没人。电话铃响。镜头从电话上移开，推到窗口，推向窗外，俯拍街景。奥古斯特正从约瑟夫咖啡馆——之前他几度现身过的地方——跑出来，手里拿着一条万宝路。他穿着衬衣和背带裤，跑过街，跑进自己楼里。镜头转回室内，等了一会儿，奥古斯特进来了。黑狗到门口迎他，像分别了一周似的。奥古斯特把烟撕开，拿了一包，抽出一支。他打个冷战——外面一定很冷。他愉快地点燃烟，拿起电话，按下一个号码。忙音。奥古斯特含笑放下听筒。

39.

内景。瓦伦汀娜的公寓。夜晚。

瓦伦汀娜从大衣口袋里拿出那条多余的红皮绳，慢慢地，丢进垃圾桶。她的眼睛还湿着，肿着。她突然又焦虑起来，跑到电话机前，拨号码。

母亲 （画外音）喂？

瓦伦汀娜 我是瓦伦汀娜，妈妈。

母亲 （画外音）小瓦伦汀娜……你好啊，亲爱的。

瓦伦汀娜 你好吗，妈妈？马克来过吗？

母亲 （画外音）两天前来的，带着他的女朋友。他找了个不错的姑娘。你认识她吗？

瓦伦汀娜松了一口气。

瓦伦汀娜 我认识。是玛丽。

母亲 （画外音）我们刚坐在这里聊天……这会儿他们在看电视。

瓦伦汀娜的情绪好转一点。

瓦伦汀娜 可惜我不能过去。

母亲 （画外音）太可惜了。像回到了过去。你弟弟是个好孩子，对吗？

瓦伦汀娜 是的，我能跟他说几句吗？

母亲 （画外音）马克！他过来了。

瓦伦汀娜 给我打电话，妈妈。我很爱你。

马克 （画外音）嗨，瓦伦汀娜。

瓦伦汀娜 嗨，谢谢你能过去。

马克 （画外音）听你差遣。我们明天就回，我受不了了。

瓦伦汀娜　妈妈看到报纸了吗？

马克　（画外音）我想没有。就算看到了……估计她也不会往那上面想。

瓦伦汀娜　是的，你应该回家。

马克　（画外音）再见。

瓦伦汀娜放下电话，眼睛还肿着。她盯着电话，轻声恳求。

瓦伦汀娜　打给我，米歇尔。拜托，打给我……

电话立刻响了。瓦伦汀娜吐口气，振作一下精神，拿起电话。

摄影师　（画外音）（充满活力）瓦伦汀娜？你看到照片了吗？

瓦伦汀娜　什么？是你吗，雅克？

摄影师　（画外音）是我，是我。效果棒极了。你没看到吗？

瓦伦汀娜　还没有……我忘了。我今天过得很糟。

摄影师　（画外音）那就过来跟我们玩吧。很开心的，来放松一下……

瓦伦汀娜　在哪儿？

40.

内景。保龄球馆。夜晚。

瓦伦汀娜的手挑中一只大大的塑料保龄球。她把手指伸进球洞里,掂量下球的重量。瓦伦汀娜加速走几步,把球抛了出去。保龄球从球道中央滚过去,丢完球的瓦伦汀娜仍弯腰保持着这个不自然的姿势,等结果。保龄球四散倒地——只剩一两支立着,众人——其中就有摄影师——为瓦伦汀娜欢呼,她开心地回去准备下一击。她再次加速,抛出球,又弯腰保持那个怪姿势等待结果,此时镜头朝其他球道平移过去。每根球道上都站着几个人——丢球,喝啤酒,记分。最后一根球道在十几码远的地方,空无一人。桌上放着一包空的万宝路,烟缸里有一支没有摁灭的烟,烟雾袅袅。镜头在这里停留一会儿。

41.

内景。法官的家。夜晚。

五只新生的小狗在争夺丽塔的奶头。它们笨笨地左推右挤,在彼此身上翻来爬去,直到大家都吃上奶才开始安静吮吸。母狗闭着眼,她累了。法官看着这一幕,露出此前从未有过的愉快笑容。狗狗们都待在一个用木板搭起来的简易小窝里。他好像突然想起什么，从狗窝前站起，走到书桌前。他找出几张纸和一沓信封，琢磨一会儿，数出十几个信封。他坐下，找出压在桌上一堆报纸下面的笔。报纸间还夹着一张大大的老式黑胶唱片，封面是一个男人的肖像，典型的十八世纪末蚀刻画风格。法官将唱片放到一边，扭开钢笔，笔尖触到纸面。是之前出现过的那支钢笔。它写不出来。法官甩了好几次墨水，可还是不行。法官不耐烦地翻书桌，找到一支笔尖断掉的铅笔。他走进厨房，用一把很脏的小刀削好铅笔。回到书桌前，他在第一张纸的左上角写下日期。又思考一阵，开始用印刷体写下自己的姓名和地址。

42.

外景。城市街道。白天。

风吹动瓦伦汀娜的巨幅照片，就是她笑着吹泡泡糖的那张。一块巨大无比的帆布印满了这张照片，挂在一幢多层大楼外的脚手架上。这是一幢位于市中心的大楼，正在翻修。奥古斯特坐在车里，一身西装领带，等信号灯翻绿。此时他惊讶地往前探头，像是看到某样前一天还不存在的东西。他对这幢楼很熟悉——如今被脚手架和帆布封得严严实实。微风吹皱瓦伦汀娜的脸，布面不停起伏、变换，像是让这幅静止的照片活了起来。她的微笑很有感染力，变换的表情却逗人发笑，奥古斯特看着照片乐了。因为过于专注此事，他没注意信号灯已经变了。后面的车重重按下几声喇叭，这才让奥古斯特从照片上移开注意力，看一下表，开动车。奥古斯特的吉普车驶过这幢翻修的大楼时，跟其他车一样，在巨幅照片的映衬下显得很渺小。他在大楼外停下车。风已吹散云层，晨光从某个角度照落到帆布上，照片骤亮。

43.

外景。大楼前。白天。

天色变阴，云层再度聚拢。翻修的大楼，也就是挂着瓦伦汀娜照片的那幢楼旁边，还有一幢楼，楼前延展出宽阔的台阶。台阶上等着不少人，气氛像等在期末考的学校门口。门开了，奥古斯特走出来，还是前一场那身西装领带，手里拿着几本书。他四周张望，看到了等在下面的卡琳。他走下台阶，一脸凝重。快要走到卡琳面前时，他突然兴高采烈地笑了，将手里的书本和笔记抛向空中。卡琳上来拥抱他，他也回抱卡琳。

卡琳 我就知道你能通过。太棒了！你被问到那道题了吗？

奥古斯特不明白她指什么。

卡琳　就是你掉在路上的那本书里的那道……你跟我提到过。

奥古斯特想起来了，开心地点头。他抬眼从卡琳的肩膀上方望出去。从这个位置，从一个非常侧面的角度，可以看到瓦伦汀娜。卡琳松开他，推他站到离自己一臂远的地方，骄傲地看他。两人都在笑，满心喜悦。奥古斯特改主意了，弯腰去捡刚扔掉的书，以后或许还有用，始终挂着笑。卡琳在他身边蹲下，从包里取出一件小礼物，递给奥古斯特。是一支品质很好的钢笔。奥古斯特拧开笔又合上，突然若有所思起来，情绪不似刚才高涨。卡琳注意到他的变化。

卡琳　你不喜欢吗？

奥古斯特　很漂亮，我用它签的第一份判决书会是什么呢？

卡琳挽住他的手臂走远了。两人上方出现瓦伦汀娜的照片。太阳又从云层里冒出来。

44.

内景。瓦伦汀娜公寓的楼梯井。夜晚。

瓦伦汀娜走到门口，习惯性地将钥匙插向锁孔，但是插不进去。瓦伦汀娜很意外，又试一次——还是不行。她检查锁孔，发现里面被按进了一团泡泡糖。她厌恶地将泡泡糖扯出。这时她听到房间里的电话响。她再次插钥匙，却只插进半截。电话继续在响。瓦伦汀娜再次重复一遍开锁动作，还是不成功。电话停了。瓦伦汀娜被这个恶作剧气坏了，去敲邻居的门。她四十来岁的胖邻居来开门，出门的动作已经让他喘不上气来。他冲瓦伦汀娜愉快地笑。

瓦伦汀娜 您好……很抱歉打扰您，可是有人跟我开了个愚蠢的玩笑。我进不了门了。

邻居 是那些土耳其小杂种。他们在这附近晃悠。

瓦伦汀娜 我不知道，有人把泡泡糖塞进了我的钥匙孔。

邻居从门里挤出来，查看瓦伦汀娜的门锁。他在思考，表情很严肃，像是有了主意。

邻居 镊子。

瓦伦汀娜还没明白他意思，邻居已经从口袋里掏出一把多功能的瑞士军刀，上面有一把镊子。他将镊子伸进锁孔，小心拨弄，将剩下的泡泡糖夹了出来。他很满意自己的操作，把夹出来的东西拿给瓦伦汀娜看。

邻居 是土耳其人干的，没错。

他露出一个大大的笑容。

邻居 他们肯定是看到了您最新的广告。

瓦伦汀娜 谢谢您。

邻居慢吞吞地回屋去了。瓦伦汀娜打开门——这次钥匙顺利地滑入，跟平时一样。

45.

内景。瓦伦汀娜的公寓。夜晚。

瓦伦汀娜刚关上门，电话又响。瓦伦汀娜没脱外套就去接电话。

瓦伦汀娜 喂……

米歇尔 （画外音）是我。晚上好。

瓦伦汀娜 嗨，米歇尔。

米歇尔 （画外音）我一分钟前打过，可是没人接。

瓦伦汀娜 有人把口香糖塞到我钥匙孔里了，进不来。我听到电话铃响了。

米歇尔 （画外音）口香糖？

瓦伦汀娜 泡泡糖。我拍了一个泡泡糖广告。一定是因为这个。

米歇尔 （画外音）我跟你说过，你不应该干这个。他们在利用你……

瓦伦汀娜 米歇尔……

米歇尔　（画外音）我什么也不说了。

瓦伦汀娜　我想安静一会儿，米歇尔。我想过平静的生活……

米歇尔　（画外音）你从我这儿得不到平静的生活。你选错人了。

沉默。

米歇尔　（画外音）你遇见什么人了吗？

瓦伦汀娜　没有。我在等你，米歇尔。

沉默。

米歇尔　（画外音）我刚才打电话来你为什么不接？

瓦伦汀娜　我跟你说了。我就在门口，进不来。

米歇尔　（画外音）我知道了。

瓦伦汀娜　你那边怎么样？

米歇尔　（画外音）我下周要去匈牙利。你在做什么？

瓦伦汀娜　准备睡了。

米歇尔　（画外音）那去睡啊。去啊！

瓦伦汀娜受伤了，好一会儿没说话。米歇尔也没说话。

瓦伦汀娜　你还在吗？

沉默。

瓦伦汀娜　米歇尔，你还在吗？

没有回应。瓦伦汀娜又等了一会儿，挂电话。

瓦伦汀娜　（低语）天啊……别再这样。

她脱掉外套，走进浴室。她脱掉衬衣，胸罩没摘就去打开淋浴。电话又响。瓦伦汀娜冲进房间。

瓦伦汀娜　喂。

米歇尔　（画外音）嗯，你睡了吗？

瓦伦汀娜　不，还没有。

米歇尔　（画外音）那去睡啊。你在床上了？

瓦伦汀娜　没有。我刚开淋浴，在脱衣服。

米歇尔　（画外音）有人帮你脱吗？

这次瓦伦汀娜不说话了。

米歇尔　瓦伦汀娜……瓦伦汀娜，你还在吗？

瓦伦汀娜　不在。晚安。

她挂掉电话。

46.

内景。法院的走廊。白天。

法官坐在走廊的窗边长凳上。不难猜出他是一个人——庭审室紧闭的大门外则围了几十个人。其中有挂着拐杖的老太太，由她的女儿搀扶，还有瓦伦汀娜见过的那个讨人喜欢的女人，之前出场过的丈夫和女儿也在。还有被法官称作毒贩的男人和其他十几个人。他们或坐或站，两个律师在他们中间走来走去，轻声说着什么，不时朝法官这边看一眼。卡琳坐在一条长凳上。法官关注了她一会儿。卡琳的身体微微前倾，恰好对上一个体型健美的男子的目光，她显然不认识他。男人冲她笑笑，意识到她注意到了自己。卡琳转开目光。男人朝她走过去，自我介绍一番。法官看着这一小插曲，半闭上眼睛。这时庭审室的门开了，庭警站到门口。

庭警 （大声）民事听证。X地区居民起诉约瑟夫·凯恩。请进。

庭警让到一边，所有人往里走。过一会儿，法官也站起身来，走进了庭审室。

47.

内景。唱片店。白天。

瓦伦汀娜头戴大大的耳机，在唱片店里试听音乐。店里人很多，所有唱片架的耳机都被占了。唱片架有好几排，听的人都背对背站着。瓦伦汀娜显然很喜欢自己选的音乐，一首古典曲目，很有穿透力，演唱的是一个优美的女声，音很高，歌词是荷兰语。瓦伦汀娜旁边站着一个男人，背对她，搂着一个女人。镜头移过听音乐的瓦伦汀娜，经过一个穿运动服的男孩（他听的是重金属），缓缓摇到瓦伦汀娜身后的男人身上。他是奥古斯特，搂着卡琳。他们和瓦伦汀娜一样，都在听这首歌的尾声部分。卡琳不是很感兴趣，奥古斯特却喜欢它。他们取下耳机，朝收银台走去。镜头回到瓦伦汀娜身上——她也听完了。她看看唱片的编号，还有信息页上作曲家的名字。她来到收银台，奥古斯特和卡琳刚好离柜，正走出唱片店。瓦伦汀娜笑着对店员说。

瓦伦汀娜 432号，谢谢。范·登·布登梅尔。我的发音对吗？

店员 没错。

他在古典唱片架上找了一会儿，拿着唱片回到瓦伦汀娜面前。

店员 是这张吗？

瓦伦汀娜点点头。店员打开唱片套——是空的。封套上印着一张典型的十八世纪末蚀刻画。

店员 最后一张刚卖掉。

瓦伦汀娜面露失望，不经意地看一眼门口。门在奥古斯特身后关上——能看到他的背影，以及他搂住卡琳的胳膊。店员又在跟瓦伦汀娜讲话，她把注意力转回到他身上。

店员 我今天下午可以进到更多,如果您过不来,我可以帮您留一张。

瓦伦汀娜 谢谢。我下午顺路过来一趟。

48.
外景。法官的房子附近。白天。

法官所在别墅区的路上有一辆箱式货车在转悠,车顶装有天线,以及捕捉无线电波段的信号盘。法官家、别墅和阿尔卑斯山的轮廓,渐次透过转动的信号盘和天线,出现在画面里。天线时不时停下,车也是。我们听到加速的电子音;过一会儿,车动了。画面里出现法官的房子,绿屋顶的白房子,还有附近一幢多户型公寓楼,天线在有节奏地前后转动。它又不动了,在捕捉技术员留意到的声音。车停下了。

49.
内景。芭蕾舞室。白天。

女孩们大汗淋漓,筋疲力尽——显然刚经过一段高强度的芭蕾训练——在各自的位置上休息。瓦伦汀娜躺在一张矮长凳上,T恤上透出大块大块的汗渍。她大口喘气,身边放着一瓶矿泉水。窗台和栏杆上挂着女孩们的挎包和塑料袋。瓦伦汀娜仰面躺着,看向上方。她突然看到什么,一下子引起她的注意。她撑起身子,伸出手臂。栏杆上的一个挎包里露出一截报纸。镜头和瓦伦汀娜都只看到一部分标题——"的法官"。

瓦伦汀娜 这报纸是谁的?

坐在她旁边的女孩弯腰看了一眼那个包。

女孩 你的。

累坏的女孩们大笑起来。瓦伦汀娜也笑了,从包里抽出报纸,打开。她在最后一页看到一个耸动的大标题:X区惊悚事件,退休的法官多年窃听邻居的电话。瓦伦汀娜看了几行便放下报纸,不自在地笑了,但笑容很快从她脸上消失。她跳起来,飞快地收拾好东西,跑出舞蹈室。

50.

内景/外景。法官的房子前。白天。

前门突然开了,瓦伦汀娜站在门口,手里拿着报纸。给她开门的法官惊讶地看着她,脸上没有笑容。瓦伦汀娜不知怎么开口。

瓦伦汀娜 我来是为了……我在报纸上看到了您的事。我想让您知道,我谁都没说。

法官 我知道。

瓦伦汀娜 一个都没有。警察，任何人。

法官 我知道。

瓦伦汀娜作势要走。

法官 我知道是谁干的。

瓦伦汀娜站住。

瓦伦汀娜 （好奇）谁？

法官 我。

瓦伦汀娜一脸不解。她摇摇头。法官却出人意料地笑了。

法官 是您要我去说的。您想进来吗？我有东西给您看……

他把门开大些。

51.

内景。法官家里。白天。

法官领着瓦伦汀娜走过一个大房间，来到卧室。卧室里用木板隔出一个小窝，丽塔和新生的小狗躺在里面。小狗都吃饱了，姿态各异地躺着，惹人发笑，又让人心有所动。丽塔累坏了，看到瓦伦汀娜俯身过来，只是略略摇几下尾巴。瓦伦汀娜俯下身去，伸出手，又缩了回来。她想摸摸母狗和小狗们，可她没有那样做。法官刚才一直站在门口，此时已回到客厅，从一个架子上取下几本书,后面藏着一个瓶子。法官把瓶子拿下来,又找出两个玻璃杯,来到卧室门口。

法官　您想来点梨子利口酒吗?我存了很久,一直没有打开它的机会,现在是时候了。

瓦伦汀娜从狗窝边站起。法官递过来一只杯子,给她倒上酒。

法官　祝我健康。

他们喝下一口。瓦伦汀娜不习惯烈酒,咳了好几下才缓过来。

瓦伦汀娜　您为什么这么做?

法官　为什么告发我自己?

瓦伦汀娜　对。

法官　我想知道您看到报纸后的反应。

法官指了指瓦伦汀娜还拿在手里的报纸。

瓦伦汀娜　您觉得我会来?

法官　我觉得会吧。自从我们上次聊过后。

瓦伦汀娜　为什么?

法官没所谓地耸耸肩。

瓦伦汀娜　您想从我这里得到什么吗?

法官　是的。

他们仍站在卧室门口。法官展开双臂,两手撑在门框上,这样从卧室出去的路被堵上了。瓦伦汀娜后退一步。

法官 上次您离开时说可怜我。后来，我意识到您真正想说的是厌恶。

他放下胳膊，往客厅里走过去，在客厅中央站住。

法官 瓦伦汀娜……您能坐下来一会儿吗？

瓦伦汀娜犹豫了下，拿着酒杯走到她之前坐过的椅子上坐下。法官坐到自己的扶手椅上。

法官 您能对我笑一下吗？

瓦伦汀娜看他一会儿，温柔地笑了，然后垂下眼帘。法官站起来，又给她倒了一小杯梨子利口酒。

法官 上次谈话后，您哭了吗？

瓦伦汀娜 是的。

法官 我后来把收音机关了，坐到书桌前。我那支用了一辈子的旧钢笔漏了。我找来一支铅笔，削好后给我的邻居还有警察写信，当天晚上就全寄出去了。这里有邮筒，很近。那会儿您应该睡得正香。

瓦伦汀娜 我没睡，去打保龄球了。

法官意外地笑了，笑得很短促。

法官 保龄球？您记得那对情侣的通话吗……那个男孩和女孩？

瓦伦汀娜笑了。

瓦伦汀娜 我们一起偷听的。

法官 他们也想找点乐子，跟您同一天晚上，也许您就在他们边上。

瓦伦汀娜 也许吧……

法官 我过去打过桌球，常常一打就是好几个小时。我打得不好。有一次我笨手笨脚的一杆，球从桌上直接跳进一个大玻璃杯里。我们弄不出来，只好把玻璃杯打碎了……

回忆到这里，他哈哈笑了。瓦伦汀娜则若有所思，并没参与到这个桌球的故事里。

法官 您在想什么？

瓦伦汀娜 那个男孩和女孩。您不喜欢她。

法官 我没说错，他们结束了。

瓦伦汀娜不安地看他。

瓦伦汀娜 您好像很高兴。您没插手，对吧？

法官从扶手椅里站起，在客厅里踱几步，站到瓦伦汀娜的椅子后面。瓦伦汀娜的目光一直跟着他，此刻只能转过头去看他。

瓦伦汀娜 您有吗？

法官 因为我的窃听和告发自己，那个女孩遇上了另一个男人。

52.

内景。法院。白天。

奥古斯特在一台公用电话机上按下号码,等候。没人接。他等了好久,非常久。他挂断电话,头靠在手上,下巴紧绷,忧心忡忡。他看下手表,走出电话亭,沿着长长的走廊往前走。此刻他才想起自己身上披着的长袍。他走到一扇门前停下,将长袍拉整齐,翻领理好,打开门走了进去。镜头短暂捕捉到房间里的景象,有摊开的卷宗,还有几个人在等奥古斯特。他关上门。

53.

内景。法官家里。傍晚/夜晚。

外面的天色开始变暗,瓦伦汀娜还在对法官说着什么。他坐在昏沉的暮色里,低着头。她说完了最后一句。

瓦伦汀娜 ……从那以后,她一直一个人。我让弟弟去看望她,他去了,待了三天。我下周就去英国了,不知道会去多久。我要离开妈妈和他了。他每天都越陷越深。我不该走的。

她沉浸在自己思绪里。

法官 不,您应该走。那是您的命运,您唯一的命运。您不能代替弟弟生活。

瓦伦汀娜 我爱他。要是我能做点什么,随便什么……

法官 您可以的。好好过。

瓦伦汀娜对这一简单的答案有怀疑。

瓦伦汀娜 您什么意思?

法官 就这意思——好好过。

沉默。法官不知想到什么,笑起来。

法官 您喜欢坐飞机吗?

瓦伦汀娜 不。

法官 那坐船吧。

瓦伦汀娜 我从没坐过……

法官 坐船更便宜,也更健康。

瓦伦汀娜 好主意。

法官 是不是我告发了自己,您才喜欢起我的想法?

法官举起半满的杯子,喝了一口。瓦伦汀娜也喝了,她的杯子里也还剩下半杯。桌上的酒瓶几乎还是满的。这次瓦伦汀娜喝下去后没有发抖。

法官 喜欢这酒吗?

瓦伦汀娜 是的。

法官 今天是我生日。

瓦伦汀娜 我不知道。我祝您……我该祝您什么呢？平安？

法官 是个好祝福。

他看手表。

法官 三十五年前的今天，下午三点，我无罪释放了一名水手。那是我职业生涯最初的一桩重要案件，让我经历了一段困难期。我直到最近才意识到自己错了，他是有罪的。

他站起身，打开书桌上的大台灯。灯泡爆闪一下，灭了。法官拧下灯泡，就着窗外微弱的光线查看。

法官 我想我没有备用灯泡了。

他站到一把椅子上，椅子上方是天花板上垂下的吊灯，他拧下吊灯灯泡。他把灯泡安到桌上的台灯里，打开灯。瓦伦汀娜眨了下眼睛，光线突然亮了好多。

瓦伦汀娜 他怎么了？

法官 我调查过。他已经结婚，有三个孩子，现在又有了一个孙子。他们都爱他。他缴税。他种在门前的树都扎了根，每年都会结果。

瓦伦汀娜看着法官，眼睛睁得老大。

瓦伦汀娜 那说明您做对了，很好啊。您不觉得吗？

法官 就司法判决的技术层面来说，我犯了很严重的错误。

瓦伦汀娜站起来,几乎喊起来。

瓦伦汀娜 您拯救了他!

法官 可以这么说吧……但想想看:我还能无罪释放多少人?哪怕他们是有罪的?我签发过几百份判决书,可我真的知道真相吗?这世上真的存在"真相"这样东西吗?就算存在,而且让我找到了,那又怎样呢?裁定,判决……自以为有能力判定什么是真相什么不是……现在,我认为这里面少了谦卑……

瓦伦汀娜 虚荣?

法官 虚荣。

他在反思自己刚才说的这些。两人都沉默了。

瓦伦汀娜 能再给我倒点酒吗?

法官倾了下酒瓶,往两个玻璃杯里倒了些梨子利口酒。瓦伦汀娜举起自己的杯子。

瓦伦汀娜 祝您健康。如果我站上法庭……您觉得今天还有像您这样的法官吗?

他们都喝下一口。法官笑了。

法官 您不会站上任何法庭的。法庭不处理天真,它们只管罪孽和刑罚。

一记很响的碎裂声,一块石头掉进了房间中央。石头砸进来的那扇玻璃窗碎了,哗啦啦掉到地板上。瓦伦汀娜条件反射般缩起身体，吓坏了。法官很镇定，冲着打破的窗户挥下手。

法官 看到了吗？这是第六扇了……尽管他们已经换过波段，我已经没法窃听了。

瓦伦汀娜站起来，走进厨房，拉开一个柜子。

瓦伦汀娜 （大声地）扫帚在哪儿？

法官还没来得及回答，她就找到了立在柜子角落的扫帚。

法官 在柜子的角落里，底下。

瓦伦汀娜回来将碎玻璃扫到一起。她还想把那块石头也扔进簸箕，法官捡起它，放到一个架子上，那里已经放了好几块此前扔进来的石头。同时传来瓦伦汀娜将玻璃倒进垃圾桶的声音。她回到客厅时，法官又已经站到他经常站的窗口，一阵凉爽的晚风从窗上的破洞吹进来。

瓦伦汀娜 您不害怕吗？

法官摇头，他不害怕。他转身坐到窗台上，面对瓦伦汀娜。

法官 我想过，如果我是他们，会怎么做。

他耸耸肩。

法官 一样的。

瓦伦汀娜 您会扔石头？

法官 如果我处在他们的位置，一定会。我判决过的所有人都如此。过他们的生活，身居他们的位置……我会杀人、偷窃、欺骗。我一定会的。只是因为我没有处在他们的位置。我在我的位置。

瓦伦汀娜注视着他，缓缓地朝他走近两步。

瓦伦汀娜 您有爱的人吗？

法官 没有。

瓦伦汀娜 有过吗？

等了一会儿，法官看到瓦伦汀娜正睁大眼睛严肃地注视他，就说。

法官 昨晚我做了个好梦。我梦到您了。您四十或五十岁，很幸福。

瓦伦汀娜 您的梦会成真吗？

法官 我好多年没有做过好梦了。

54.

内景。奥古斯特的公寓。夜晚。

奥古斯特在公寓里来回踱步，身上还是那身衬衣和背带。他表现得像个囚徒——走两步，退三步。他在书桌前坐下，点上一支烟，又立刻掐灭，甚至没抽上一口。他又站起来踱步，很快又停下。他拿起电话，他已经背下了这个号码。情况跟他在法院时一样，没人接。奥古斯特把听筒按在耳朵上，等很久。最后，他将听筒丢回到挂架上，飞快地抓起大衣，跑出去。

55.
内景。奥古斯特公寓的楼梯井。夜晚。
奥古斯特三步并两步，一路冲下楼梯。冲出了公寓楼。

56.
外景。奥古斯特的公寓楼前。夜晚。
奥古斯特坐上车，用力关上门。大衣被卡住了，他又打开门，拽一把外套，摔上门。他发动引擎，开了出去。他完全无视交通规则，径直从道路中间的草坪上压过去。

57.
外景。城市街道。夜晚。
奥古斯特开出市中心，来到别墅区，从法官的房子前驶过。镜头在这幢多次出现的房子前短暂停留一会儿，一个男人（法官）的身影出现在窗口。观众没法看清他的脸。附近的多层公寓楼有个窗户亮着灯。奥古斯特开过去，在楼前停车。他没再发出任何动静，小心地关上门,轻手轻脚上楼。

58.
内景。卡琳公寓的楼梯井。夜晚。

奥古斯特踮着脚尖到二楼,走到一扇门前。他显然很熟悉这里,把耳朵贴到门上。他犹豫着是否敲门,等了一会儿,他决定不敲。又仔细听;这次肯定听到了他最怕听到的,脸色发白。他思考一会儿,走到楼梯窗口,打开窗户爬了出去。

59.
内景/外景。大楼外立面和卡琳的公寓。夜晚。

奥古斯特抓住突出的护墙,踩着外立面的边沿,一步一步往前挪。慢慢地,他靠近了那扇亮灯的窗户。他闭下眼,然后坚决地睁开,探头往窗里望去。他的脸部肌肉抽搐起来,但眼睛没有闭上,也没有转开。卡琳和一个男人在一张大床上,这一幕拍得很清晰。他们在做什么是不言而喻的。奥古斯特瞪大着眼睛,把脸压在墙上。

60.
内景/外景。瓦伦汀娜的公寓。白天。

瓦伦汀娜还在床上,在通话。

瓦伦汀娜 我买好船票了……

她在手提包里摸索,它就躺在床上。她拿出票,报纸掉到了地上。瓦伦汀娜看票。

瓦伦汀娜 下周三。我下午两点半到英国。

米歇尔 (画外音)为什么坐船?

瓦伦汀娜 我想顺道去妈妈那里待一天。那里离加莱港只有几个小时。

米歇尔 (画外音)我会三点,最晚三点半到码头。我很高兴你要来了。

瓦伦汀娜 告诉我,米歇尔……你爱我吗?

米歇尔 (画外音)我想是的。

瓦伦汀娜 你爱我,还是你觉得你爱我?

米歇尔 (画外音)那是一回事。

停顿。

瓦伦汀娜 不是的

米歇尔 (画外音)瓦伦汀娜……我迫不及待要见你。

瓦伦汀娜 那,再见。

瓦伦汀娜放下电话,把被子推到一边,就着睡衣躺下。天气有点凉,她打个冷战。她起身走到窗前,望了一会儿下面的街道。时间还很早。她看到一辆吉普车停在对面几个门牌号开外的地方。尽管天已经亮了，吉普车却仍开着前灯。没人下车，方向盘后面坐着一个男人（奥古斯特）模糊的身影，他在发火。瓦伦汀娜从窗前走开，去厨房。她往滤壶里倒了点咖啡，加水，打开咖啡机。

61.
外景。奥古斯特的公寓楼前。白天。
吉普车的车门开了——就是开着前灯的那辆。奥古斯特下车，没有关车灯。他缓缓走进自己的公寓楼。

62.
内景。奥古斯特公寓的楼梯井。白天。
奥古斯特步履沉重地上楼梯。

63.
内景。奥古斯特的公寓。白天。
奥古斯特刚打开门，狗就扑了上来。它显然想出去溜达，嘴里咬着皮绳。奥古斯特没理它，没脱衣服就倒到床上。狗把前爪搭到床上，立了起来，想舔奥古斯特。它摇着尾巴。奥古斯特重重朝狗鼻子打了一拳。狗跳开了，尖声呜咽着。奥古斯特把脸埋进枕头，不动了。

64.

内景。瓦伦汀娜的公寓。白天。

瓦伦汀娜洗完澡,头发还是湿的,从冒着热气的咖啡壶里倒咖啡。她用双手捧住热乎乎的马克杯,小口啜饮着,走到窗口。她看到那辆吉普车仍停在原地,前灯开着,车里没有人。

瓦伦汀娜 (自言自语)电池啊……

她捋起滑下来的一缕头发,仍旧看着那辆没关灯的吉普车,姿势没动,就这样站了一会儿。

65.

内景/外景。法官的家。白天。

法官站在那扇被打碎的窗前,凝视着前方。他看到什么,被吸引住了。一个年轻人正走出远处的多层公寓。隔那么远也可以看出他心情上佳。他在寻找水坑,故意踩上去,让水花溅起来。他飞快地跑起来,从路上消失了。法官一直在仔细观察他。现在他去拨电话。卡琳接了。

卡琳 (画外音)早安,详细天气预报。

法官 我这几天都在试着打给您。

卡琳 （画外音）我病了，很抱歉。

法官 能不能请您告诉我，英吉利海峡下周的天气情况。

卡琳 （画外音）很好。有阳光，一点微风，早上有点凉……

她无缘无故地笑起来。

法官 您为什么笑？

卡琳 （画外音）我也要去那里，远一点。

法官 工作？

卡琳 （画外音）纯粹去玩。坐游艇。

法官 那段航程很美……

卡琳 （画外音）是的，很美。

法官 您会停止服务吗？

卡琳 （画外音）只能这样。

法官 很遗憾。这项服务是个不错的想法。再见。

卡琳 （画外音）再见。

法官放下听筒。他将那瓶梨子利口酒藏到老地方，用书挡住。他走进卧室，查看狗窝。丽塔正在用宽宽的舌头舔她的小狗。她看看法官，为她的孩子们骄傲。法官笑了。

法官 我们该拿你的小家伙们怎么办呢，丽塔？

母狗看着他,好像明白这个问题的分量。

66.

内景/外景。城市街道。夜晚。

奥古斯特的车停在一条小路上。他穿着衬衣,没披外套,就着咖啡馆前的路灯看表。他点点头,到点了。下车。他朝一家灯火通明的咖啡馆走去。他走到咖啡馆窗前,找到了要找的人。

67.

内景/外景。咖啡馆。夜晚。

咖啡馆靠窗的位子上,卡琳坐在新男友旁边。这个男人有一张聪明、亲切、生动的脸。他握着卡琳的手。卡琳在笑,他也在笑。奥古斯特把脸贴在窗户上看着这一切。这个动作持续了一段时间。那个男人从钱包里取出几张照片,递给卡琳。照片上是一艘华丽的大游艇在游历四方:暴风雨下的南方海洋;航行或泊在岸边的样子;潜水的景象。有几张一定很滑稽,因为他们不停地在大笑。奥古斯特抬手在窗玻璃上敲了几下。他们聊得正欢,显然没注意到他。奥古斯特不悦地笑,拿出一支钢笔——我们记得那是他从卡琳那里收到的礼物。他用它来敲窗——这次显然更有效。男人抬眼看到他，不明白意思。奥古斯特继续敲。男人摸摸卡琳的手，指向窗外。卡琳愣住了。奥古斯特停下敲窗的动作，卡琳惊愕地看着他的脸。她什么也没说就起身，往外挤。这是相当长的一段路。她走到门外。

68.
外景。咖啡馆门前。夜晚。
卡琳四下张望，奥古斯特不见了。她跑到窗口，他也不在那里。

  卡琳 （大声喊）奥古斯特！

没人回应。

  卡琳 （绝望地呼喊）奥古斯特！奥古——斯特！

奥古斯特躲在一个邮筒后面，一动不动。牙齿在打战。

69.
内景。剧院翼楼。白天。
剧院侧厅正在进行时装秀的彩排，场面很忙乱。这是一个老式剧院，带有那种华丽的阳台包厢，豪华的红色座椅，类似于观众席分区的圆形剧场。从舞台延伸到观众席的T台还没搭好，舞台上堆满东西：挂衣架的移动杆，睡袍，帽子，到处都是。模特，助手，技术人员。一个女人在小桌上处理行政事务。瓦伦汀娜走到她跟前，拿出一张小卡片。

瓦伦汀娜 请帮我个忙，您能给这个地址寄一份请柬吗？

女人看了看卡片，确认一下。

女人 就一位？

瓦伦汀娜点头，就一位。

70.

内景。咖啡馆。夜晚。

单臂老虎机上的三格小窗滚动一番，停在三个不同图案上。瓦伦汀娜松一口气，跟往常一样和酒保互相竖了个大拇指——"一切顺利！"

71.

内景/外景。法官家的车库。白天。

画面一片漆黑。车库门缓缓升起。一辆保养得当的老梅赛德斯车驶出，排气管冒出黑烟，很久没用的车就会这样。法官穿着西装，戴着领结，从车里下来，将车库门放下。

72.

外景。城市街道。白天。

老梅赛德斯车在城市街道上谨慎缓行,驶过那幢在整修的大楼,挂在楼外的瓦伦汀娜吹泡泡糖的照片经过风吹日晒已开始褪色。车是沿着此前奥古斯特的吉普车的相反方向开过的,法官望了一眼照片,这幢挂着广告的大楼便消失在后视镜里。梅赛德斯一路开到剧院门前停下,仔细地在车两边都留下足够的空距。

73.

内景。剧院。白天。

时装秀正在进行,观众云集。瓦伦汀娜和同事们纷纷走上T台。她们跟本片开始时一样,优雅又有活力地踏着音乐的节奏,向前走出十几步。瓦伦汀娜在观众席里寻找某人,脚下却没失去节奏,按计划展示着每一个动作。等模特们走到T台顶端散开时,她再次试图找出观众席中的某人,没有找到。返场时,她又望向观众席的另一边,想找的人也不在那里。模特们回到舞台侧翼,新的一组模特正等着上场,瓦伦汀娜又透过侧幕的缝隙望了望观众席。她走到负责行政的女人身边。

瓦伦汀娜 昨天我请您寄的请柬寄出去没有?

女人 当然啦，瓦伦汀娜。

瓦伦汀娜擦掉嘴上的唇膏，穿上自己的外套，和几个同事一起离开化妆间。她们穿过舞台，舞台灯已经熄灭。她们走下T台的台阶，走向被分成两半的观众席，往出口走去，一边讨论着刚才的秀。瓦伦汀娜稍稍落在后面，没有参与她们的谈话。观众席旁所有的门都开着——能看见走廊和打开的窗户。瓦伦汀娜突然站住，她看到法官一个人坐在观众席后排。瓦伦汀娜的同事们没注意到她停下，都走了出去。大厅里只剩下瓦伦汀娜和法官，法官起身致意。瓦伦汀娜穿过大厅，向他走去。

瓦伦汀娜 您来了……您知道是我寄的请柬吗？

法官 我希望是您寄的。

瓦伦汀娜点点头，很开心。

法官 您刚才在找我。

瓦伦汀娜 走秀的时候。我明天要走了，要说再见了……

法官向她伸出手。

法官 再见。

瓦伦汀娜也伸出手，和法官的手相握一会儿。

瓦伦汀娜 我想请您告诉我那个梦的细节，那个关于我的梦……

法官 我告诉过您了。您五十岁了,很幸福。

瓦伦汀娜双手撑起自己,坐到舞台上。法官则在她旁边的一张椅子上坐下,比她的位置稍低一点。

瓦伦汀娜 那个梦里……还有别人吗?

法官 有。

瓦伦汀娜 是谁?

法官 您醒来时在对您身边躺着的人笑,我不知道是谁。

瓦伦汀娜 那真的会发生吗?二十年,或者二十五年后?

法官 会的。

瓦伦汀娜挪得离法官远一点。

瓦伦汀娜 (静静地)您还知道什么?

法官没有回答。

瓦伦汀娜 (静静地)您是谁?

法官淡淡一笑。

法官 一名退休的法官。

瓦伦汀娜 我有种感觉,我身边正在发生重要的事,我害怕。

法官向瓦伦汀娜伸出手。她不明白他的意思,但还是把手伸给他。法官把她的手握在手里,握一会儿。

法官 好点了。

瓦伦汀娜笑了，好点了。

法官 我以前经常来这个剧院。

瓦伦汀娜 您通常坐在哪里？

法官指了指楼上的包厢。

法官 和今天同样的位置，所以您没看到我。有一次中场休息，我把书掉了一地，它们原本用松紧带绑好的。其中一本，很厚的一本，掉到了楼下，就在这里附近……

法官往前走几步，站到乐池附近，抬头看，估摸着多年前书掉落的位置。他找到了。

法官 那时我快要考试了。那本书掉下来时，正好打开在某页上。我读了几句，后来真考到了。我因此答出了一道很难的题。

瓦伦汀娜看着法官一边生动讲述，一边指给她当时书掉进乐池的那个位置，模拟着自己捡起书看了几句的场景。她走到法官身边，优雅地爬到座椅上。

瓦伦汀娜 出来走走挺好的，是吧？

法官 我还给电池充了电。都放光了……

就在这一刻，我们听到啪的一下撞门声。一阵大风吹起，开着的走廊窗户透出外面阴云密布的天空，一场突如其来的春季大雨倾盆而下。

瓦伦汀娜 下暴雨了。

她冲到走廊里，一扇一扇地关上窗，大雨噼里啪啦打在玻璃窗上。

74.

外景。城市街道。白天。

奥古斯特站在街上，撑着一把黑色的大伞。他在等。雨很大，奥古斯特却一动不动地站着。他没有像其他路人那样跑到某个大门口或公交候车亭躲雨。他的表情很果决。卡琳从街对面的地铁里出来，距离奥古斯特很远，可她立即认出了空荡荡街道上的奥古斯特。她无视大雨。不紧不慢地朝他走来。奥古斯特也往她的方向走出几步。卡琳在他两步开外的地方停下，奥古斯特极慢地走完这两步，两人注视着彼此的眼睛，好一会儿没说话。奥古斯特的嘴唇有点颤抖，也许因为冷。雨不停地从他脸上滚落。卡琳的头发都湿透了，她无法承受奥古斯特更久的凝视，垂下了眼帘。奥古斯特低下头，把头靠到她肩上。卡琳凝视前方，既没有拥抱，也没有推开他。她什么也做不了，无可奈何地开口说，声音很轻。

卡琳　我爱他……

奥古斯特起初像是没听见，可他的确听见了，尽管他没有把头从卡琳的肩头移开。他轻轻吐出一句，几乎在自言自语。

奥古斯特　哦,老天……

他们保持这个姿势又站了十几秒钟,然后卡琳轻轻挣脱开,慢慢走远。大雨还在下。卡琳离开的步子很坚定,没有回头。奥古斯特仍垂着头,整个人罩在伞下。他从口袋里取出钢笔,丢进了附近的垃圾桶。镜头在垃圾桶上停住,接着传来脚步声,渐渐走近,一只手从垃圾桶里掏出了那支钢笔。

75.

内景。剧院。白天/傍晚。

剧院大厅里,法官按下按钮,咖啡流进两个塑料杯。法官端起杯子,穿过走廊,雨还在敲打窗户。法官走进观众席,瓦伦汀娜却没在刚才坐的地方。

法官　(轻轻地)瓦伦汀娜……瓦伦汀娜!

瓦伦汀娜从法官刚才指过的阳台包厢里应声道。

瓦伦汀娜　我在这儿……

法官抬头望去,瓦伦汀娜从阳台包厢里探出身来。

法官　小心点……您站的地方很高。

瓦伦汀娜从口袋里抽出报纸,用手指夹住,放开,报纸在空中打转,飘落到地板上,落进了乐池。

瓦伦汀娜　是那里吗?它是掉在那里的吗?

法官　是的。

他朝乐池走去，小心着不让咖啡洒出来。他打开小门，正要走过指挥台，瓦伦汀娜的声音制止了他。

瓦伦汀娜　当时是时装秀吗？

法官　不是，在演莫里哀的戏，《愤世嫉俗》。

法官把塑料杯放到指挥的乐谱台上，继续往前走。他蹲下去，将报纸叠好。法官捡报纸的时候，女人的手拿起了杯子，瓦伦汀娜从台阶上走下来，坐到法官旁边的一把旧椅子上。法官惊讶地发现她已经下来了，朝她走过去，瓦伦汀娜递给他一个杯子。

瓦伦汀娜　谢谢。

她闻了闻咖啡。法官坐上指挥台。

法官　相当一般。

剧院的机械设备在阴影里发出轻轻的嗡鸣，有红灯在闪烁。瓦伦汀娜喝口咖啡，皱了下脸，味道不好。

瓦伦汀娜　我之前在想，您为什么会跟我说那个水手的事……

法官　您知道原因了？

瓦伦汀娜喝完最后一口，将杯子在手里捏成一团，塑料杯发出挤碎时通常会有的声音。她瞅着破掉的杯子。

瓦伦汀娜　是的，因为您不想告诉我某些更重要的事。

瓦伦汀娜说完才从被压扁、开裂的杯子上抬眼看法官，法官毫不躲闪地看着她。

瓦伦汀娜 关于您爱过的一个女人。

法官点头。

瓦伦汀娜 她背叛了您。

法官又缓缓点头。

瓦伦汀娜 她背叛了您……而您不明白为什么。

法官点头。

瓦伦汀娜 您爱了她很久。

法官注视着她，没有动作，既不肯定也不否认。

法官 您怎么知道那么多？

瓦伦汀娜笑了。

瓦伦汀娜 这并不难猜。

她俯下身，跟法官凑得很近。

瓦伦汀娜 她是个怎样的人？

法官 是个金发女郎，精致、美丽，脖子很长，爱穿鲜艳的连衣裙……用亮色的家具，门厅里挂着一面镶着白框的镜子。有天晚上，我从那面镜子里看见她白皙的双腿张开着，中间是一个男人。

瓦伦汀娜 为什么？您知道吗？

法官 她要的比我能给的多。她以为她爱我，可她不想要平静和安宁……她想在陌生的地方醒来，而我只想要确定的明天。雨果·霍尔布林……那是他的名字……给了她想要的。他们走了。我跟踪了他们，穿越了法国，穿越了海峡，看到了苏格兰，甚至更远……我羞辱自己，也被他们羞辱，直到她在一场事故中死去。之后我再没和任何女人有瓜葛。是的，我不再相信了。也可能我只是没有遇到……也可能是我没遇到您？

瓦伦汀娜　您为什么没遇到我？

法官　因为那时还没有您。

76.

外景。日内瓦郊区。傍晚。

雨停了，只有树枝在滴水。奥古斯特拿着红皮绳，仔细地将他那条毛蓬蓬的黑狗拴到一根路标柱上，柱子离这条郊外马路的路缘有好几码远，狗惊讶地观察着这个新环境。奥古斯特没有回头，坚决地往车走去。狗吓坏了，叫着，呜咽着。他堵住耳朵，坐进吉普车，尽可能快地开走。车开出几百码，又突然刹住。他把车调到倒车档，退回去，一直退，最后开上拴狗的柱子一侧的人行道。他下车，把狗松开，狗立刻原谅了他。他打开吉普车的后座门，狗已经平静下来，跳了进去，蹲坐在平常位子上。奥古斯特坐进车，开走了。

77.

内景。剧院。傍晚。

法官和瓦伦汀娜还坐在前一幕的位置，瓦伦汀娜将法官从他的思绪里唤醒。

瓦伦汀娜 那不是结局……

法官 不是。一年前我遇到了一个很难的案子，卷宗上写着被告的名字：雨果·霍尔柏林。

瓦伦汀娜 同一个人？

法官 是的。他回来了……

一个男人沉重的脚步声，在朝这里走过来。法官停下讲述。剧院看门人从舞台深处走出来，抖着一个挂了十几把钥匙的钥匙串。他注意到有人坐在舞台侧翼，停下，打开工作灯，走过来。

看门人 我要锁门了。

法官和瓦伦汀娜站起来。

看门人 你们没看到一个拿水桶的女人吧，有吗？

瓦伦汀娜 没有。

看门人 暴雨把化妆间都给淹了。你们要是看到她，跟她说我在楼上。

瓦伦汀娜点点头。看门人继续抖着钥匙，从侧翼走出去。法官做出要走的架势，可走出几步后，他注意到瓦伦汀娜没动，疑惑地朝她转过身来。

瓦伦汀娜　您不应该放弃那案子。

法官　我没想放弃。

瓦伦汀娜　您做了什么？

法官　我本想判他死刑，如果这样做能改变什么，我或许就那样做了。现在他在等待我的判决。他负责盖的一栋楼塌了，死了好几个人。我宣判他有罪。他没能上诉，宣判第二天就死了，心脏病突发……

瓦伦汀娜　在监狱里？

法官　不是，判了缓刑。

瓦伦汀娜　他知道是您吗？

法官　他不知道。

瓦伦汀娜走近些，目不转睛地看着法官。

法官　我在案卷上看到他名字时，知道自己一直在等待这样的时刻。判决是按照法律来的……

法官短促地笑，并不愉快。

法官　可我在审判过程中感到一种复仇的快感，随后就申请提前退休了……

瓦伦汀娜点点头，她明白了。又传来看门人的脚步声，还有钥匙碰撞的哗啦声。他从侧翼走出来。

看门人　她没来过这里吗？

法官　没有。

看门人点点头，不太满意。

看门人　总要我跟在后面到处找她。

他走到观众席的深处，大喊。

看门人　米莱娜！米莱——娜！

法官笑了，瓦伦汀娜也笑了。看门人走出大厅，动作却并不着急，他们看着他滑稽的身影没进了黑暗。

瓦伦汀娜　您一辈子没得到过爱。

法官　是的。

78.

外景。剧院门前。夜晚。

法官打开梅赛德斯车的后备厢，车就停在剧院门口。他拿出一只塑料袋，递给瓦伦汀娜。她摸摸袋子，感觉里面有个瓶子。

法官　您喜欢我的梨子利口酒。

瓦伦汀娜　谢谢。我还有件事想问您。

法官　什么？

瓦伦汀娜　我可能会离开两三周。然后我会给您打电话，想请您送我一只您的小狗。

法官 时装秀会在电视上播放吗？

瓦伦汀娜 我想会的。

法官笑了，这笑容让他显得格外年轻。

法官 那我最好去买台电视。

瓦伦汀娜 我有一台不用的，明天让我弟弟给您送过去。

法官又像前一次那样笑了。

法官 我很高兴能见到他。再会。

瓦伦汀娜 再会。

法官盖上后备厢，坐进车里，放下车窗。

法官 您船票带了吗？

瓦伦汀娜一惊，在包里摸索，找出了船票。法官从窗户里伸出手来，瓦伦汀娜把票递给他。法官就着车里昏暗的光线看一会儿，然后把票还给瓦伦汀娜，摇起车窗，把手心按在车窗上。瓦伦汀娜也把手按到同样的位置。法官开走了，与一辆对面开来的吉普车错身而过。瓦伦汀娜穿过广场，走到自己的车前。她打开车门，目光跟随着法官，他开车的姿态很庄重。法官的车开过一个用来回收瓶子的绿色垃圾箱，一个打扮得体的驼背老太太正往箱子走去，手里拿着一个瓶子。她踮起脚，瓶子只滑进去一半，没法把它推进橡胶口。瓦伦汀娜看出她的意图，几步跑上去，一下将瓶子推了进去，一记玻璃的碎裂声。

79.
外景。渡轮码头。白天。
乘客们排着长队登上渡轮的金属梯。瓦伦汀娜带着一个帆布背包和一个小行李箱，走进昏暗的内舱。她身后跟着一对中年夫妇，两个叽叽喳喳的女孩，然后是奥古斯特。他抱着自己的黑狗，狗显然很怕陡峭的楼梯，蜷缩在他的臂弯里。

80.
内景。渡轮码头。白天。
渡轮入口设有接待处。瓦伦汀娜看一眼船票，爬上了通往上层甲板的楼梯。一对新婚夫妇走下来，在接待处短暂停留，那两个叽叽喳喳的女孩则跟在瓦伦汀娜后面上楼梯。奥古斯特把狗放到地板上，走到接待处，出示了船票，接待员指了指方向。

接待员 是这一层，这条走廊。

奥古斯特看看走廊，走了过去。与此同时，瓦伦汀娜在楼梯顶出现了，她走下来，来到接待处。

瓦伦汀娜 我没方向了……这是哪里？F38？

接待员　上层甲板。

奥古斯特在走廊中间停下。他看看周围，眼神有些迷茫。瓦伦汀娜朝接待员笑了一下。身边人来人往。

瓦伦汀娜　谢谢。

奥古斯特朝接待处走回一步，恰好此时瓦伦汀娜转过身去，又上了刚才的楼梯。奥古斯特显然意识到自己的方向是对的，因为他又转过身去，沿着走廊走远了。他俩之间的距离也许是三步，或者五步。现在两人往不同的方向走远了。

81.

外景。渡轮码头。白天。

巨轮庄严地离开码头。

82.

外景。城市街道。白天。

大楼翻修已经完工，工人们正把遮住多层脚手架的巨幅帆布放下——印着瓦伦汀娜嚼泡泡糖的照片那块帆布。照片皱了起来，堆叠着缓慢落到地上。工人们顶住上扬的风，将帆布叠起来，帆布扬起一阵阵尘土。大颗的雨滴开始落下，第一轮雷声响起，也亮起了闪电。雨越下越大，天色变暗。倾盆大雨。雨打在展开的帆布上,聚成一条条水流。雷声。黑屏。

83.
内景/外景。渡轮/大海。特效。档案材料。夜晚。
光灭了,人群绝望的呼喊越来越响。四下奔逃的人声。金属的爆裂声;又一记爆炸声;一道火柱;一张张惊恐的人脸在银幕上飞速掠过;一具具身体坠落。爆炸声中,庄严、巨大、黑漆漆的船体没入翻涌的海水。

84.
内景。法官家里。白天。
清晨。法官刚起床,观察着一只小狗,它正艰难地往狗窝的搁板上爬——或许是第一次做这样的动作。它张开脚爪,扒住了搁板。它失去平衡,左摇右晃,最后下决心:笨拙地跳到地毯上。法官站起来,把一个带金属名牌的项圈戴在它的脖子上——显然他之前就准备好了,然后把小狗放回到狗窝里。他走到走廊里,看到邮递员刚投进来的报纸。他打开门,呼吸一下早晨的空气,天气很好,昨天大雨留下的水塘反射着阳光。他扫一眼报纸,呆住了。头版上是一个大标题,配了一张拍得很模糊的照片。法官将报纸慢慢举到眼前，难以置信。

85.

外景。湖边。白天。

一个男孩在湖边露天抱着一张报纸。背景——在岸边——有几只睡袋和简易帐篷，里面都睡着人。抱着报纸的男孩摇晃其中一个睡袋的主人，叫醒他。一个面容讨喜的十六岁男孩，是马克。他很不情愿地睁开眼，男孩将报纸塞到他鼻子底下。

男孩 你看到了吗？

马克刚睡醒，意识还不太清醒，不知道叫醒他干什么。

马克 什么？

男孩打开报纸的头版。标题写着："英吉利海峡上的悲剧"。

男孩 你姐姐活下来了。

马克完全醒了。

马克 什么？

男孩 他们提到了你姐姐，是幸存者。只有几个人活下来，其他人都淹死了……

马克低头看报纸。

86.

内景。法官家里。夜晚。

电视屏幕。放出好几张照片（资料录像带效果）：巨轮的残骸戳在海面上，附近漂浮着各种不明物，都是大型海难后会留下的。船只和救援队在附近打转。

电视解说员　（画外音）……英吉利海峡极度恶劣的天气状况和暴风雨给搜救行动带来了巨大困难。同时还有一艘私人游艇遇难。目前，渡轮事故的原因尚不清楚。根据乘客名单，船上共有1435名乘客。一艘接到求救信号的挪威船只救下了七名人员，可以确定他们都活着。

电视镜头播放几个幸存者上岸的画面，身上都裹着毯子。镜头在每张脸上定格，配有播音员的解说。

电视解说员　（画外音）去年过世的著名法国作曲家的遗孀，朱莉·维格侬。

朱莉的脸在屏幕上定格。

电视解说员　（画外音）斯蒂芬·凯尔兰，英国公民，渡轮酒保。波兰商人，卡罗尔·卡罗尔。

卡罗尔的脸。

电视解说员　（画外音）法国公民多米尼克·维达尔。

多米尼克的脸。

电视解说员　（画外音）法国人奥利维耶·伯努瓦。

奥利维耶的脸。

电视解说员　（画外音）幸存者中还有两名瑞士公民，奥古斯特·布努尔，律师。

奥古斯特的脸。

电视解说员　（画外音）以及青年模特，日内瓦大学学生，瓦伦汀娜·杜索。

瓦伦汀娜的脸，在捋一缕头发。法官坐在电视机前，看着她。瓦伦汀娜走开了，加入到那一小群被海岸警卫队员、记者和官员围绕的幸存者当中。她站到奥古斯特身边。

淡出

片尾字幕。